나는
정말 괜찮은
사람이어야
할까

나는
정말 괜찮은
사람이어야
할까

김용은
지음

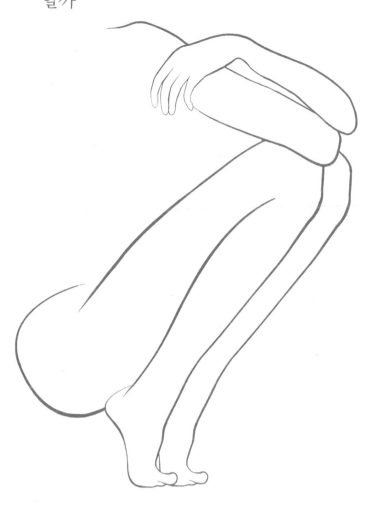

싱긋

당신이 사랑하는 나,
진짜 나일까?

가끔 가슴이 휑하게 뚫린 듯 시리고 마치 시한부 인생을 사는 것처럼 마음이 조급하다. 가까웠던 사람도 영화 속 인물처럼 멀게만 느껴지고 나조차 형체 없는 거품처럼 둥둥 떠다니는 듯하다. 그러다가 늘 그래왔던 것처럼 기상 알람에 맞추어 일상을 시작한다. 열심히. 하던 대로. 습관처럼. 그렇게 일과를 마치고 나 혼자 있을 때면 분주했던 마음과 몸을 마주하게 된다. 누군가와 불협화음을 낸 날이면 마음이 불편하다. 무심코 쏟아낸 나의 말과 행동은 어느새 타인의 시선으로 각색되어 있다. 머릿속 목소리가 가슴을 마구 휘저어놓는다. 잘하고 싶었다. 어쩌면 꽤 괜찮은 사람이 된 것 같은 기분을 느끼고 싶었는지도. 그러다 낸 욕심 때문에 방어하고 공격하고, 결국 더 괜찮지 않은 사람이 되고 말았다며 아우성이다.

이제는 알 것 같다. 이렇게 휘몰아치는 내면의 폭풍을 제압하거
나 밀어내서는 안 된다는 것을. 그럴수록 나(에고$_{ego}$)는 더 저항할
테니까. 그저 내가 할 수 있는 것은 지금 현재의 '나'에게 집중할 수
있게 일렁이는 감정의 파도를 끌어안고 고요한 내면을 들여다보는
것. 타인의 시선 속의 나(페르소나), 이기적인 나(에고)가 가라앉으면
어린아이처럼 한없이 여리고 나약한 진짜 '나'를 대면하게 된다. 나
도 모르게 왈칵 눈물이 쏟아질 때가 있다. 낯설고 두렵고 슬프고
불쌍해서. 미안하다. '부족해도 충분한 나, 있는 그대로의 나'를 사
랑한다.

이 책에는 나와 내 주변 사람들의 삶의 이야기가 씨줄과 날줄처
럼 엮여 있다. 다른 사람 눈에 비친 나를 보고 웃기도, 울기도 한다.
'나는 괜찮은 사람이어야 한다'는 신념 때문에 정작 나를 보는 시선
을 잃는다. 내 마음속 감정 공장은 다른 사람의 시선에 의해 가동
될 때가 많다. 나를 좋은 시선으로 보는 사람과의 관계에서는 긍정
의 감정을, 나를 탐탁지 않게 보는 사람과의 관계에서는 부정의 감
정을 만들어낸다. 내 안의 분노, 미움, 야속함, 슬픔, 서글픔, 두려움,
열등감, 뉘우침, 죄책감, 우울감, 부러움, 수치스러움……. 이런 나의
감정과 심리적 풍광은 주변 사람들의 시선을 통해 되돌아온다. 어
쩌면 온전히 나만의 이야기인지도 모르겠다.

내 안에는 타인의 시선 속의 '나'와 이기적인 '나'가 존재한다. 먼
저 타인의 시선 속에 있는 '나'는 누군가 나를 무시하고 외면할까
두려워한다. 사람들에게 괜찮고 근사한 수녀로 보이고 싶기 때문이
다. 그래서 아파도 슬퍼도 미워도 힘들어도 "괜찮아"라고 말한다. 하

지만 돌아서면 가슴 언저리에 묵직한 무게가 느껴진다. 그러면 웃는다. 어디서 듣던 노랫말을 되뇌며. "괜찮지 않아도 괜찮아."

또다른 이기적인 '나'는 누군가 나를 무시하거나 공격하면 파수꾼처럼 나서서 저항하고 방어하면서 판단과 비난을 상대방에게 쏟아붓는다. 불덩이처럼 뜨거워 화가 나면 제어가 안 될 정도다. 그때마다 두꺼운 마음의 방어벽이 하나씩 생겨 세상과 단절되는 느낌이다.

그러나 그 이면에는 상처받을까 두려워 꼭꼭 감추어둔 진짜 내가 존재한다. 나약하고 둔한 본성을 지녔다. 어딘가 모르게 지질하고 멍청한 구석도 있고 취약하여 깨지기도 쉽다. 그런데 타인의 시선 속의 나와 나만 아는 이기적인 나는 이런 나를 부끄러워한다. 때로는 수치스럽다며 치를 떤다. 그래서인지 이들이 설쳐대면 진짜 '나'는 아무것도 할 수 없다. 종종 진짜 '나'가 누구인지 아예 잊고 사는 일도 허다하다. 남이 보는 '나'에게 정신을 쏟다보면 인격의 가면은 두꺼워져 민낯인 진짜 '나'는 더 연약해진다. 그렇기에 지나치게 나를 보호하고 방어하지만 결국 남에게 돌이킬 수 없는 상처를 준다.

그런데 가만히 보면 상처는 여리고 나약한 나를 인정하지 않아서 생기는 것이다. 어쩌면 행복의 비밀 열쇠는 연약하고 상처받기 쉬운 '나'가 쥐고 있을지도 모른다. 부족한 나를 보이고 싶지 않을수록 내 안의 '나'는 지나치게 분주하다. 때로는 정신을 차릴 수 없을 정도로.

어느 순간 가슴속에 있는 진짜 나가 말을 건넨다.

"나는 원래 연약하고 깨지기 쉬워."

"왜, 나는 모욕감을 느끼고 상처받으면 안 되는데?"

"사람들이 다 나를 좋게 볼 수는 없어."

가끔 그런 생각이 든다. '누군가 나를 사랑한다면 그가 사랑하는 나, 진짜 나일까?' 내 주변 사람들은 수녀인 나를 좋아하는 것 같다. 수녀로 관계를 맺고 있어서일 터다. 그래서인지 때로는 그들이 이방인처럼 느껴질 때가 있다. 그때마다 내 안에 섬을 만들어 나 홀로 머문다. 외로움이 평화로 전이되는 느낌이다.

물론 나에게도 있는 그대로의 '나'를 사랑해주었던 단 한 사람이 있었다. 지금은 이 세상에 없는 나의 어머니다. 이제는 괜찮다. 내가 어머니가 되련다. 부족한 나를 인정하고 사랑할 용기가 생겼으니까.

이 책을 읽는 여러분도 진짜 자신을 드러내고 사랑할 수 있기를 바란다. 남이 들추어내면 수치스럽지만 나 스스로 드러내면 평온하다. 용기가 조금 필요할 뿐이다.

나의 경험이 이 진실을 말해준다.

차 례

3장

○

상처여도
사랑이어라

일러두기
• 이 책은 〈가톨릭평화신문〉에 연재되었던 지은이의 글들을 모아 엮은 것이다.
• 일부 인명 표기와 성경 인용은 한국천주교회의 통상적 표기에 따랐다.

1장

사랑에도
거리가
필요할까

외로움,

나만의 섬에서
쉬기

고등학교 때 찾아온 사춘기, 나는 그때 많이 외로웠던 것 같다. 하지만 돌아보면 그 어느 때보다 친구가 많았고 추억도 많았던 시절이었다. 멋진 새집에서 가족이 모두 모여 행복하게 살았던 시기이기도 했다. 그런데 외로웠다. 식구들이 모여앉아 와자지껄 떠들며 웃을 때, 친한 친구가 다른 친구와 더 가까워질 때, 좋아했던 선생님이 나를 인정해주지 않을 때, 답답하고 강압적인 규칙에 얽매여 있다고 느낄 때 사소한 것 같지만 사춘기 소녀였던 나는 마치 세상이 끝난 것처럼 서글프고 외로운 감정이 복받쳐올라 나 홀로 벼랑 끝에 서 있는 듯한 느낌을 받곤 했다.

그때는 시험을 앞두고 두꺼운 철학책을 옆구리에 낀 채 배회하면서 염세주의에 흠뻑 빠져 지내는 일이 내가 할 수 있는 최소한의 저항이며 도피였다. 어쩌면 나를 드러내고 싶은 일종의 위장술이며 허세였는지도 모른다. 하지만 그때 허세에 불과했던 독서의 도움으로 오히려 그 외로움을 즐겼다. 공부라는 경쟁의 대열 속에서 빠져나와 나만의 세상을 즐길 수 있었던 독서, 그 여유로 인해 외로움도 나쁘지 않다는 사실을 조금은 알게 된 듯하다. 외로웠지만 외로움도 즐길 수 있다는 것을.

지금도 외로움은 예상하지 못한 상황에서 불쑥불쑥 찾아온다. 어쩌다 옛친구들을 만나면 수녀인 나는 그들만의 이야기에 낄 수 없을 때가 있다. 자기들끼리만의 친교를 과시하기도 한다. 그럴 때 나는 내 마음속 공간에 섬을 만들고 그들을 바라본다. 때로는 고개를 끄덕이며 웃어주지만 나는 내 자리에서 가만히 나만의 외로움을 관조한다. 그렇다고 삶의 양식이 비슷한 수녀들끼리 어울릴 때는 외롭지 않을까? 그렇지도 않다. 함께 살지만 거대한 조직에서의 친교는 피상적일 수 있다.

제아무리 부유하고 지혜로운 사람이라 할지라도 외롭지 않은 사람은 없다. 단지 외로움을 느끼지 못할 뿐이다. 과잉 활동 속에서 살아가는 사람은 외로움이라는 감정을 느낄 여유조차 없다. 외로움은 여백에서만 숨을 쉬기 때문이다. 재벌들은 어떨까? 대통령은? 연예인은? 많은 사람의 주목을 받는 그들은 가시적인 성과를 보여주기 위해 늘 분주히 움직여야 한다. 걱정이나 바쁜 일에 시달릴수록 마음이 시끄러워 내면의 소리를 들을 수 없다. 그러면 감정의 신호를 알아채기 더욱 어렵다. 게다가 외로움은 가슴으로만 느낄 수 있는 미세한 감정이어서 찾아와도 알아차리지 못하니까.

나 역시 바삐 움직일 때 외롭지 않다. 아니 외로움을 느낄 여유조차 없다. 그러다가 잠시 멈추고 늦은 밤 나 홀로 성당에서 기도하거나 잠자리에 들 때 문득 외로움이 밀물처럼 밀려올 때가 있다. 혼자라는 현실, 그리고 이렇게 나 홀로 세상을 떠날 것이라는 진실 앞에 마주할 때, 특히 부모님을 저세상으로 보낸 후 '혼자'라는 생각이 들 때는 너무나도 시리고 아프다. 마치 눈보라가 몰아치는 날 아무것도 보이지 않는 끝없이 펼쳐진 하얀 벌판 위에 나 혼자 서 있는 느낌이라고나 할까.

외로움. 수녀인 나에게는 더 친숙해져야 할 평생의 동반자다. 그러니 이 외로움을 내치지 말자. 시린 손을 비벼대고 발을 동동거리며 바라보는 망망한 겨울 바다 앞에서도 나만의 섬을 만들어 그곳에서 쉬는 연습을 해야겠다. 몸에 한기가 스미고 죽을 것 같아도 마음속 어딘가에는 뜨거운 온기가 살아 있으니까. 소속되고 싶은 욕구를 넘어선, 품어주고 안아주고 싶은 수용의 욕구가 더 크니까. 인간적인 사랑보다 더 크고도 신비한 십자가의 사랑을 믿으니까.

나만의 섬, 외로움. 그 안에 잠시 머물다보니 이런 생각이 든다. '어쩌면 외로움이 행복인지도 몰라.'

상처

떠나보내기

엄마에게 상처를 많이 받았다는 Q. 그는 엄마가 싫었다고 한다.

"엄마가 어린 나에게 일을 혹독하게 시켰거든요. 그 추운 겨울에 개울가에서 얼음을 깨고 빨래를 하게 했어요. 엄마가 새엄마인 줄 알았다니까요."

그래서 Q는 집에 들어가는 것도 끔찍할 때가 있었다. 그런데 나이가 들면서 그것이 상처라는 사실을 알게 되었다. 그래서 그는 결심했다. '반드시 엄마에게 이야기하리라. 엄마 때문에 어릴 적 내가 얼마나 힘들고 고통스러웠는지를.' 그리고 그는 엄마와 마주앉아 속마음을 털어놓을 역사적인 순간을 기다리면서 몇 번이고 마음속으로 이런저런 시나리오를 쓰면서 떨리는 마음으로 준비했다. 그러던 어느 날 우연히 고향 선배와 엄마가 한자리에 모였고 선배가 자연스럽게 Q의 어린 시절에 대해 말을 꺼냈다.

"얘 어릴 적에 어머니가 일을 많이 시키셨지요. 기억나세요? 어떻게 그 어린아이에게 어른도 할 수 없는 일을 시키셨어요?"

선배의 말에 Q의 엄마는 잠깐의 망설임도 없이 이렇게 말했다.

"그래? 내가 그랬어? 정말? 그럼 내가 나쁜 엄마였네. 나쁜 엄마야!"

엄마의 말에 Q는 더이상 그 어떤 말도 할 수 없었다.

그 이야기를 듣고 있던 누군가 "그럼 엄마가 다 용서된 거요?"라고 묻자 그는 "그럼 어쩌겠어요. 당신이 나쁜 엄마라고 인정하는데. 그것으로 엄마와 나의 아픈 과거는 청산된 거지요 뭐" 하면서 손을 위로 높이 쳐들더니 "이제 끝~"이라고 외치며 밝게 웃어 보였다.

Q는 엄마와 단 한 번의 공감으로 오랫동안 아파하며 간직했던

상처를 떠나보낼 수 있었다. 어쩌면 Q는 엄마를 좋아했지만 어릴 적 치유하지 못한 상처 때문에 엄마에게 가까이 다가가지 못하는 자신이 싫었던 것 같다. 그것이 너무 힘겨워 더 큰 상처가 된 것인지도 모른다. 정작 엄마는 늘 그 자리에 있었는데 말이다.

우리는 살면서 상처를 받기도 하고 또 상처를 주기도 한다. 그런데 상처를 준 사람은 아무 생각이 없는데 받은 사람만 아파하는 경우가 있다. 왜 그럴까? 나는 아픈데 왜 너는 아무렇지도 않은 것일까?

나도 그렇다. 누군가 나에게 모진 말을 한 적이 있었다. 아팠다. 그리고 몇 날 며칠 동안 그 말을 떠올리며 그를 미워했다. 그러다가 그 사람과 우연히 마주쳤다. 나도 모르게 자동으로 몸이 경직되었고 나는 그를 애써 외면하려 했다. 그런데 그는 밝은 표정으로 다가와 인사를 건넸다. '이게 뭐지?' 싶어 어색한 표정을 지었지만 그는 손까지 흔들며 지나갔다.

가만히 생각해보니 그는 늘 그랬던 것 같다. 한바탕 얼굴을 붉히며 논쟁을 벌이고 나서도 언제 그랬냐 싶게 친근하게 다가왔다. 그때마다 나는 그가 더 싫었고 이런저런 생각과 느낌으로 그를 판단하며 멀리하려 했다. 그렇다면 원인은 딱 두 가지. 그가 공감 능력이나 죄책감이 결여되어 있거나 아니면 내가 지나치게 예민하거나 편견을 갖고 있어서였을 것이다. 그러면서 또 드는 생각. '설사 그가 성격장애라 하더라도 내가 뭘 어떻게 할 수 있을까? 나만 아파하면 억울하지 않나?'

결국 상처는 떠나보내지 못한 나에게 원인이 있는 것이 아닐까 싶다. 원래 상처란 주는 것이 아니라 받는 것일지도 모른다. 그러니 상처를 극복해야 하는 이도 나일 것이다. 처음부터 상처를 준 그의 행동과 언어는 나와 아무 상관이 없었을지도. 그저 길거리를 걷다가 돌부리에 넘어져 아파했을 뿐이다. 그래, 돌부리는 늘 그 자리에 있었다. 그리고 넘어진 것은 내가 아닌가.

싫어하는 사람은

왜 늘
나쁘게만 보일까

"B 말이에요, 최근에 후배들 간에 불화설을 들어보니 그 사람 다시 봐야겠던데요?"

G는 B의 사소한 것까지 들추어내면서 격한 감정을 토해냈다.

"본인에게 직접 들어봤나요?"

나도 모르게 툭 내뱉듯이 무심하게 답했다.

"내가 없는 말을 할까요. 사실이라니까요."

G는 자신의 말에 동의하지 않는 듯한 나의 태도가 마음에 들지 않았는지 더 적극적으로 B를 몰아세우며 후배 입장을 해명하려고 했다.

불현듯이 떠오른 생각. 어쩌면 G가 말하는 '사실'은 애당초 없었는지도. 단지 예전에 B에 대해 경험한 좋지 않은 감정으로 지금의 사건을 바라보고 있는 것이 아닐까 싶었다.

물론 나 역시 마찬가지다. 어떤 사건이 생겨 시시비비를 가릴 때면 '사실'을 앞세워 나와의 이해관계로 판단하려는 '못된 나'를 발견한다. 좋아하는 사람은 좋게, 싫어하는 사람은 나쁘게 말하고 싶다. 게다가 내 생각이 객관적 사실인 양 정당화하려고 온갖 정보를 끌어들인다.

그렇다. 평소 좋아하는 사람이 실수를 하면 이미 내 마음속에서 '그럴 수밖에 없는 이유'를 생각해낸다. 나와 거리가 있거나 미묘한 감정싸움을 했던 사람을 부정적으로 평가할 때는 은근히 동조하고 싶어진다. 나를 신뢰하는 사람이 기대 이하의 일을 하면 '다음에 잘할 수 있어'라고 희망하지만 그렇지 못한 사람은 '그것밖에 안되나?' 하며 단죄하려고 한다. 나와 친한 사람이 누군가를 공격하면

'화가 많이 났나보다'라고 생각하지만 그렇지 않은 사람에게는 '성격도 고약하군' 하며 비난하고 싶어진다. 나에게 너그러운 사람이 누군가를 냉혹하게 거절하면 '오죽했으면……' 하고 생각하지만 그렇지 않은 사람은 '저렇게 옹졸해서야'라고 판단한다.

니체는 이렇게 말했다. "사실은 없다. 오직 해석만이 있을 뿐이다." 우리는 종종 그 '사실'이라는 것에 정신이 팔려 살아갈 때가 있다. "사실이라니까" "진짜 내가 봤다고요" "내 귀로 똑똑히 들었다니까요" "팩트 체크해요" 하면서 다툼에 휘말린다. 물론 사실이라고 믿게 하는 정보는 나의 감각을 통과해야만 입력이 된다. 하지만 현대 뇌과학에서는 우리가 사실이라고 믿는 것은 과거의 경험과 편견이 만들어낸 뇌의 착시적 해석이라고 말한다. 게다가 새로운 사실보다는 오래전부터 갖고 있던 고정관념을 더 믿기 때문에 현재의 사실을 왜곡한다는 것이다.

그러므로 '사실' 그 자체보다 어떻게 그 일을 보고 있는지를 판단해야 할 것 같다. 왜 나는 B에 대한 이야기에 흥분했던 G의 말에 공감해주지 못했을까? 나에게도 G에 대해 유쾌하지 못한 과거의 경험이 있었기 때문이 아닐까. '너는 부정적이야'라는 위험한 편견이 내 마음을 닫아버린 것 같다.

누군가의 말이 듣기 싫어 따지고 싶을 때, 그가 나쁘다고 말하고 싶을 때, 거부하고 싶을 때 한 번쯤은 물러나서 스스로에게 물어보아야 할 것 같다.

"나는 왜 그가 하는 말이 싫지?"

"내가 보고 싶은 것만 보고, 듣고 싶은 것만 듣고 있는 것은 아니야?"

"내가 믿는 사실은 나에게만 보이는 작은 조각일지도 몰라."

이렇게 나에게 말을 건네다보니 화나게 한 상대방이 아니라 화를 낸 내가 보인다.

믿기만

해도

"무서워요. 수녀님은 안 무서워요?"

뉴욕에서 돌아오는데 비행기가 난기류 때문에 심하게 흔들리자 앞에 앉은 러시아 소녀가 잔뜩 겁먹은 눈으로 나를 돌아보며 자꾸 무섭다고 했다. "배를 타면 파도에 잠깐 흔들리잖아. 곧 괜찮아질 거야"하며 위로해주었다. 그래도 비행기가 계속 흔들리자 급기야 소녀의 커다란 눈망울에 눈물이 고이기 시작했다. 소녀는 울먹이며 "기도해주세요. 무서워요. 수녀님, 지금 기도하고 있는 거 맞지요?" 하며 애원하듯이 말했다. 소녀에게 묵주를 들어올리며 "지금 열심히 기도하고 있단다"라고 말하자 소녀는 살짝 미소를 지어 보였다. 다행히도 그 순간 흔들림이 잦아들었다.

그러면서 드는 생각. 거대한 우주에 한 점에도 미치지 못하는 비행기라는 물체 속에 있는 우리의 생명이 기장의 손에 달려 있구나. 설사 지금 비행기가 추락한다 해도 내가 할 수 있는 일은 아무것도 없다. 비단 비행기 안에서만 그럴까? 산을 오를 때도, 길을 걸을 때도, 잠을 잘 때도. 벼락이 내리칠지, 땅이 갈라질지, 산이 무너질지 아무것도 알 수 없다. 그저 나는 어제처럼 아무 일 없으리라 믿고 살아갈 뿐이다.

가끔은 여행을 떠나기 전 소녀처럼 유난스럽게 누려울 때가 있다. 아주 못 돌아올지도 모른다는 생각. 그래서 고해성사도 보고 방도 정리한다. 또 어떤 때는 비행기가 마구 흔들려도 관성적으로 대응하는 승무원처럼 아무 일 없으려니 한다. 그래서 어제처럼 밥 먹고, 어제처럼 기도하고, 어제처럼 신앙고백을 한다. 늘 그렇게 목적지까지 잘 가리라 믿으면서.

믿어야 한다. 아니 믿을 수밖에 없지 않나. 뉴욕에서 인천까지 짧지 않은 시간에 비행기 안에서 꼼짝하지 않고 묵주기도를 하고, 영화를 보고, 밥을 먹고, 잠깐 화장실을 가는 그것이 전부다. 그저 보이지 않는 기장의 손에 모든 것을 맡기고 목적지까지 잘 데려다주리라 믿으면서 말이다. 가끔은 소녀처럼, 또 가끔은 승무원처럼 그렇게 두려움과 관성 사이를 오가면서 사는 것이 인생이 아닐까 싶다. 그러면서도 계속 머릿속에 맴도는 질문. "믿는다는 것은 무엇일까?"

언젠가 선배 수녀는 어릴 적 전쟁이 일어났을 때 철부지여서 그랬는지 그 당시 두려움을 느끼지 못했다고 한다. 어디선가 폭탄 터지는 소리가 들리고 부모님이 밖에서 서성였다고 한다. 그러면서 형제들에게는 "들어가 이불을 덮고 꼼짝 마라"라고 엄중히 경고했는데도 이불 속에서 손가락으로 장난치고 킥킥대며 웃으며 놀았다는 것이다.

심리학적으로 재난중에 부모가 현존하는 것만으로도 아이들은 정신적 외상 없이 성장한다고 한다. 부모의 믿음직스러운 현존만으로도 아이는 어렵고 고달픈 현실 속에서도 웃고 놀며 행복할 수 있다. 아마도 그것은 부모에 대한 전적인 '믿음' 때문이리라. 물론 부모는 전쟁을 막을 수도 없고 총알을 비켜가게 할 수도 없다. 아이와 똑같이 무력한 인간일 뿐이다.

어쩌면 러시아 소녀도 부모가 옆에 있어주었다면 두려움에 떨면서 눈물을 흘리지 않았을지도 모를 일이다. 그럼에도 불구하고 두려울 때 '기도'밖에 할 수 있는 것이 없다는 사실을 본능적으로 안 소녀는 수녀인 나의 기도에 의탁했다.

'믿음'은 생명의 근원과 본질에 대한 질문과 만난다. 생명의 위협과 도전 앞에 오는 '두려움'은 결국 '믿음'이라는 통로를 통해 희망에 이르게 한다.

어린아이가 전쟁을 막아줄 힘이 없는 부모를 온전히 믿기만 해도 정신적 외상 없이 잘 자랄 수 있다는 사실은 참으로 신비로운 일이다.

'나는 너와 달라'

구별짓기의
허영

나의 가까운 친척 중에 내로라하는 유명 배우가 있다. 이름 석 자만 대도 누구나 다 아는 그런 배우다. 어릴 적 명절이나 방학 때 면 종갓집인 그의 집에 놀러 갔던 기억이 있다. 그런데 그가 유명해 지면서 그의 가족조차도 친척들과의 교류가 끊어졌다. 그의 결혼식 에는 한류 스타들이 대거 참석했지만 친척들은 제외되었다. 친척 어 른들은 배신감에 흥분했지만 그와 우리는 이미 '혈연'이 아닌 '자본' 으로 서로의 신분이 구별지어진 것 같았다.

사회학자 피에르 부르디외의 말이 맞는 것일까. 자본이 서로를 구 별짓는 행동양식이나 취향으로 드러나면서 취향은 자신보다 아래 에 있다고 생각하는 사람들과 분리하기 위한 불편한 상징이 된다는 것. 그리고 그 취향은 곧 그 사람의 사회적 신분을 구별짓는다는 것 말이다.

"죽을 만큼 노력해도 하나도 안 달라져. 나아지기는커녕 절망만 더 커져."

어느 드라마 주인공의 한탄이다. 게다가 입은 것, 걸친 것이 안목 이고 실력이기에 가난한 자의 안목은 후질 수밖에 없다며 가난한 이를 대놓고 무시한다. 세상은 그가 어떤 노력을 하며 살아왔는지 보다 어떤 취향으로 살아왔는지를 묻는다. 어떤 자동차를 타고, 어 떤 옷을 입고, 어느 지역과 어떤 집에서 사느냐는 것, 그것이 곧 그 사람의 능력이고 신분이라는 것이다. 그래서 피에르 부르디외는 "서 로를 구별짓게 하는 취향은 계급"이라는 무서운 말을 했나보다.

언젠가 내가 오랫동안 공들여온 프로그램에 대해 후배들이 이러 쿵저러쿵 평가했다. 순간 내 깊은 곳에서 '뭐요? 당신들이 뭘 안다고' 하는 생각이 올라왔다. 그러면서 '당신들의 취향은 나의 것과는 차원이 달라' 하는 허영심이 내 눈빛과 목구멍을 타고 스멀스멀 나오려는 것을 억지로 틀어막았다. 부끄럽지만 나는 그때 그들을 내 아래로 밀쳐내면서 나와 분리하려 했다. 구별짓기를 한 것이다.

나는 그때 생각했다. '나는 너와 달라' '나는 옳고 너는 틀려' '나는 잘났고 너는 못났어' 하면서 상대와 구별하는 순간, 내가 갖고 있는 재능과 지식은 천박한 자본이 되고 만다는 것을. 자본은 사고파는 상품인지라 있다가도 사라지는 것. 결코 '나'가 될 수는 없다. 내가 아닌 것을 내세워 누군가를 내 아래로 밀쳐내려 했다는 사실, 부끄러운 일이었다.

자본주의 사회에 사는 한 우리는 '구별짓기'의 욕망을 포기하지 못할지도 모른다. 있음과 없음의 차이로 끊임없이 서로를 분리하고 차별하는 세상에서 수도자인 나 또한 그 틀에서 자유롭지 못할 수도 있다. 강남에 산다 하면 있어 보이고, 서울대 나왔다 하면 똑똑해 보이고, 일용직이라 하면 불쌍하게 바라볼지도 모른다. 원하지 않아도 자동 시스템처럼 있고 없고의 차이를 구별하려 할 것이다.

"누가 그대를 남다르게 보아줍니까? 그대가 가진 것 가운데에서 받지 않은 것이 어디 있습니까? 모두 받은 것이라면 왜 받지 않은 것인 양 자랑합니까?"(1코린 4, 7)

내게 없는 것, 내게 있어도 내 것이 아닌 것, 내게 있어 내 것일지라도 자랑할 만한 것이 못 되는 것을 자랑하는 것, 취향이라고 믿고 싶은 그것, 허영일지도.

긍정적 감정은
낯설고

불평은
습관이 되다

L은 유난히 말이 많다. 그것도 대부분 불평이다. 그날도 그랬다. 그는 앉자마자 '누구는 어떻고 또 누구는 저떻고'를 반복했다. 듣고 있던 후배가 굳은 표정으로 작심한 듯이 입을 열었다.

"죄송합니다. 그런 말은 듣기가 매우 거북해요. 차라리 본인에게 직접 하면 어떨까요?"

정중했지만 단호했다. 순간 L의 얼굴이 붉으락푸르락 달아오르더니 버럭 화를 내며 문을 박차고 나가버렸다.

"알았어요. 알았다고요."

불평은 나를 알아달라는 호소다. L은 불안하고 외로워서 위로받고 싶고 보상받고 싶었는지도 모른다. 고통스러운 상황과 특정인에 대한 부당함으로 복수하고 싶은 몸부림일 수도 있다.

그러나 불평하면 할수록 불평할 것이 더 많아진다. 세상은 더 부당하고 더 무자비하므로 풍랑에 시달리는 것은 오직 나 혼자뿐이다. 살레시오 성인은 "이런 사람들은 마음의 고요를 잃게 되고 격분에 흔들려 불편한 가시를 빼려고 하지만 오히려 가시는 더욱 깊이 몸속으로 들어가 더 큰 고통을 겪는다"라고 했다. 현대 정신의학에서도 불평이 많은 사람 대부분이 생화학적 불균형으로 건강문제를 안고 살아간다고 한다. 사소한 자극에도 스트레스 호르몬이 증가하고 쉽게 짜증이 나면서 수면장애를 겪고 몸이 아프게 된다는 것이다.

불평이 많은 사람이라 하여 늘 부정적인 것은 아닐 터다. L도 긍정적이고 즐겁고 유쾌할 때가 있다. 농담도 잘하고 칭찬과 격려도 할 줄 안다. 다만 금단증상처럼 지속하지 못할 뿐이다. 불평하는 것이 습관이 되고 익숙하기에 긍정의 감정이 낯설다. 그래서 좋았던 감정을 너무 빨리 잊는다. 조금 잘 지내나 싶으면 한순간 짜증을 낸다. 목소리 톤이 올라가면서 즐겁게 일하는가 싶다가도 "여기가 아프고 저기가 쑤시고"하면서 몇십 분씩 신세 한탄을 늘어놓는다. 그에게 는 유쾌하고 긍정적인 감정이 이방인처럼 아주 잠깐 머물다 떠나는 듯싶다. 습관이 된 불평은 세상에 대한 부정적인 관점까지 강화하여 매우 평범한 상황도 그냥 넘어가기 어렵게 만든다. 그렇게 반복되는 불평은 뇌를 '불평'하기에 아주 쉬운 시스템으로 재정비한다.

그 어느 때보다 자극적인 말이 넘쳐나는 세상이다. 부정적인 말 은 머릿속에 담아둘 때보다 말할 때 더욱더 불안감을 증폭한다. 말 할 때마다 기억하고 싶지 않은 상황이 재현되고 강화되고 각인되기 때문이다. 더욱이 듣는 사람을 배려하지 않고 배설하듯이 쏟아내는 불평은 듣는 사람도 똑같이 불편한 상황을 경험하게 만든다. 마치 상대에게 좋지 않은 음식을 억지로 먹이는 것처럼.

아주 가까운 사람과 마음의 상처와 고통을 나눌 수는 있을 것이 다. 하지만 반복적으로 이 사람 저 사람에게 불편한 상황과 사람에 대한 부정적인 말을 옮기는 것은 듣는 사람을 지치게 한다. 뇌는 생 각이나 상상을 실제 상황과 구분하지 못하게 만든다. 보거나 듣기 만 해도 감정이 그대로 전염되는 이유나.

생각과 감정이 다소 부정적이라도 '말'로 긍정을 표현하면 생각과 마음도 변할 수 있지 않을까 싶다. 혼잣말이라도 활짝 핀 미소로 스 스로 '잘했어' '다 이유가 있을 거야' '괜찮아'라고 매일 말해주는 것 도 괜찮다. 그러다보면 긍정의 감정과 친해지고 익숙해지면서 세상 과 이웃이 더 밝고 맑게 보이지 않을까?

분노,

어디서
오는 것일까?

"물론 저 잘살면 좋죠. 하지만 누구 덕에 성공했는데요."

E는 친구에 대한 원망과 분노를 애써 삼키려 했지만 목소리는 떨렸고 표정은 굳어 있었다. 그는 한때 어려운 처지에 있던 그 친구를 많이 도와주었다고 한다. 직장도 알선해주었는데 다행히도 그가 하는 일마다 잘되어 경제적으로 여유가 생겼다고 한다. 그런데 지금은 서로 반대의 처지가 되었다. E는 사업 실패로 재산을 거의 날린 상태였다.

문제는 성공한 친구가 어려움에 처한 E에게 관심조차 보이지 않는 데 대한 일종의 배신감이라고나 할까. 드디어 어느 날 그는 켜켜이 쌓인 마음속 분노를 친구에게 터뜨렸다. 하지만 그러고 나서 둘의 관계는 더 소원해지고 말았다.

E가 아직도 친구에 대한 배신감으로 분노하며 살고 있다는 소식을 가끔씩 접한다. 어떤 이는 E의 친구가 너무한 것이 아니냐고 말한다.

"그렇게 잘살면서 어려웠을 때 도움을 주었던 친구를 나 몰라라 하다니."

"사람이 은혜를 입었으면 갚을 줄도 알아야지."

그런데 한편으로는 E가 안되기는 했지만 그의 친구 입장에서도 할말이 있지 않겠느냐는 사람도 있다.

"도와달라고 청해본 적도 없이 원망하고 몰아붙이면 되겠나."

"도움을 줄 때 받을 것을 생각하지는 않았을 텐데…… 도움을 주면 받는 거지만 강요할 수는 없지 않느냐."

무엇보다 지금 E의 마음이 많이 아프다. 우리는 몸이 아프면 어디가 아픈지, 원인이 무엇인지 본능적으로 알아차리거나 모르면 찾아내려고 애쓴다. 그런데 마음의 통증은 이유 없이 그냥 고스란히 감내한다. 그리고 그 어떤 '무엇'을 향해 원망하고 불평하면서 우울하게 보낸다.

나 역시 누군가를 무척이나 원망하고 분노하며 고통스럽게 지낸 적이 있다. 그런데 그 감정에 대해 진지하게 의문을 갖지는 않았다. 그러다가 분노는 마음 어딘가에서 단단한 혹으로 굳어져 우울하고 지칠 때면 언제든지 상처로 되살아났다. 그래서일까. 나는 그때 아무것도 아닌 듯한 작은 일에도 크게 화를 냈다. 누군가를 향한 분노의 감정이 생길 때 의문을 가졌어야 했다. 아니 의심을 품었어야 했다. 분노는 내 소중한 마음과 몸을 망가뜨리니까. 자칫 잘못하면 마음의 만성 통증으로 작은 일에도 불평하고 화를 내는 일이 일상이 되어버리니까.

아직도 분노하며 아파하는 E의 마음 통증, 어디서 온 것일까? 사업 실패로 인한 경제적 빈곤 탓일까? 친구에게 배려받지 못한 배신감일까? 자기연민에서 벗어나기 위한 몸부림일까? 그래서 나의 고통에는 너에게도 책임이 있다고 말하고 싶은 것일까? 누군가의 성공이 나에게서 무언가를 빼앗아갔다고 느끼는 그런 감정일까?

"부러우면 지는 것이다"라는 말이 있다. 다른 사람들의 성공과 부, 지식을 부러워한다면 절대로 자유로울 수 없다. 질투에 볼모로 잡혀 있기에 그럴 것이다. 냉정하지만 '어쩌면 내가 질투하고 있을지도 모른다'는 생각을 해본다. 그렇기에 부러운 대상의 가치를 과도하게 폄하하고 있을지도 모른다는 의심 말이다.

사실 질투는 본능이다. 그러니 그 자체를 수치스러워하거나 부끄러워하지도 말아야겠다. 단지 나의 감정에 의문을 가질 뿐이다. 감정을 의심할 때 성찰의 뇌인 이마엽이 활성화되고 지능이 올라간다고 하니 한 번쯤 분노의 감정을 의심해도 괜찮지 않을까 싶다.

"내가 누구보다 존중받아야 한다는 지나친 자의식에 대한 몸부림인 거야?"

"나를 지키려는 싸움에서 상대방을 공격하고 싶은 거니?"

"내 기분대로 내 마음에 들 때만 수용하려는 거지?"

어느 지점에서 불안이 가라앉고 마음속 공간이 환하게 열리는 느낌이다.

현재를
살지 못하게 하는

상처

J의 얼굴이 무척 어두워 보였다. '무슨 안 좋은 일이 있나' 하고 생각했다. 그때 누군가 속삭이듯이 말했다.

"저 오늘 J씨 생일……."

순간 아차 싶었다. 생일 때면 모두 축하해주는데 J의 생일을 아무도 기억하지 못한 것이다. 부랴부랴 케이크와 선물을 준비했다. 그리고 미안한 마음에 더 크게 손뼉을 치고 노래를 부르면서 축하를 해주었다. 하지만 그의 표정은 여전히 굳어 있었다. 아주 작은 소리로 "감사합니다"라고 말하는 그의 커다란 두 눈에 눈물이 그렁그렁 맺혔다. 몹시 당황스러웠다. 생일을 기억하지 못한 것은 미안했지만 '그렇다고 저렇게까지……' 하는 생각이 들었다. 평소에는 농담도 잘하고 명랑한 사람이었던 터라 더 당혹스러웠는지도 모른다.

다음날 J가 할말이 있다며 운을 떼었다. 차분했지만 조금 떨리는 듯한 목소리였다. "어제 제가 보인 태도에 대해 죄송하게 생각해요" 하면서 잠시 머뭇거리더니 "저에게는 어린 시절 버림받은 트라우마가 있어요. 그래서 그런 감정이 생기면……" 하며 말끝을 흐렸다. 슬픔을 토하는 그의 진심어린 고백에 우리 모두 숙연해졌다.

그는 입양아인데, 몇 년 전 친어머니를 찾으러 간 적이 있었다고 한다. 그리고 단도직입으로 물었다고 한다. 자신의 존재가 사랑이었는지, 사고였는지. 다행히 친어머니에게서 "사랑"이라는 말을 듣고 "그러면 됐다"라는 한마디만 남기고 돌아왔다고 한다. 그에게는 '사랑'이었다는 말이 엄청난 위로가 되었을 것이다. 하지만 버림받았다는 아픈 기억을 건드리는 상황에 처하면 영락없이 깊은 수렁으로 빠져버린다.

우리의 몸은 트라우마를 기억한다. 몸이 상처를 기억하면 이성의 뇌가 자동으로 꺼져 깊은 감정의 늪에 빠져든다. 그리고 과거의 상처가 고스란히 되살아나 현실인 것처럼 느껴진다. 게다가 J는 늘 자신의 존재 근원에 대한 물음을 안고 살아온 사람이다. 그래서 '생일'이 누구보다 특별하고 절실했는지도 모른다. 우리가 그의 생일을 챙겨주지 못했다는 생각에 죄책감이 들었다.

과거에 버림받았던 내면의 아이가 현실에 되살아나 죽을 것 같다며 발악을 했으리라. 그것은 강렬한 절망을 불러왔고 과거의 상처로 인한 분노가 폭풍처럼 몰아쳐 현실을 삼켜버렸을 것이다. 오십이 넘은 어른임에도 불구하고 동료들이 실수하여 잊은 것이지 자기를 버린 것이 아니라는 사실도, 그리고 동료들이 엄마도, 가족도 아니니 너무 실망하지 말라는 이성의 목소리도 들리지 않았을 것이다.

가끔은 그럴 때가 있다. 아무것도 아닌 일에 지나치게 짜증이 나고 화가 난다. 어떤 때는 몇 날 며칠 힘들었던 상황을 재현하면서 곱씹고 또 곱씹으며 지금 일어나는 일에 집중하지 못한다. 상처다. 몸과 마음이 계속 아프다고 신호를 보내는 것이다. 이런 정신적 고통은 신체 불균형으로 이어져 소화가 안 되거나 복통이 생길 때도 있다.

우리는 저마다 크고 작은 트라우마를 안고 살아간다. 그런데 그 무언가가 아픈 상처를 건드리면 경보 시스템이 울려 감정의 격동에 휩싸인다. 그럴 때면 '네 잘못이 아니야' '지나간 일이잖아' '그렇게 화낼 일이 아니야'라고 말해주는 생각의 뇌가 정상적으로 작동되지 않는다. 그렇기에 과민하게 반응하고 격하게 화를 내고 우울해지면서 주변 사람들을 불편하게 만든다.

우리는 J의 과민반응에 '왜 저래?'라고 판단했지만 그는 과거의
상처가 다시 되살아나 고통을 겪고 있었다. 다행히도 J는 자기 몸에
서 일어나는 신호를 제대로 관찰했고 정확하게 마음의 언어로 표현
해주었다.

고마웠다. 그 순간 과거에 갇혔던 그의 상처가 현재로 이어져 나
의 상처까지 보듬어주는 느낌이었으니까.

나를
무너뜨리는

사소한 유혹들

누구나 넘어서기 어려운 유혹이 있다. 일상의 리듬을 깨는 사소한 유혹부터 인생을 망치는 커다란 유혹까지. 나에게는 어떤 유혹이 있을까? 곰곰이 생각해보면 스캔들을 일으킬 만한 부도덕한 유혹이 아니다. 보잘것없고 사소하여 쉽게 지나치는 작은 유혹들이다.

해야 할 일인데 하고 싶지 않은 유혹, 하지 말아야 하는데 하고 싶은 유혹이 순간순간 나의 선택을 기다린다. 바쁜데 운동을 할까 말까, 급히 가야 하는데 복도에 떨어진 휴지를 주울까 말까, 좋아하지 않는 사람에게 친절하게 다가갈까 말까, 말다툼 후 사과를 할까 말까, 기도를 더 할까 말까, 사순 시기인데 금식을 할까 말까 등 사소한 생각은 유혹 앞에 쉽게 무너진다. 한순간 나를 망가뜨릴 수도 있는 커다란 유혹은 엄청난 고통이 뒤따르더라도 용감하게 거부할 텐데 말이다. 이렇게 사소한 유혹 앞에서 무너지는 것이 습관이 되면 그 습관은 일상이 되고 내가 된다.

언젠가 강의할 때 젊은이들에게 일상에서 습관적으로 찾는 포기하기 힘든 것이 무엇이냐고 물었다. 잠, 여행, 음식, 커피, 사랑 등 다양한 답변이 나왔다. 그러다가 작은 소리로 누군가 '스마트폰'이라고 했다. 순간 나는 스마트폰을 언급하지 않은 젊은이들에게 "여러분은 스마트폰을 포기할 수 있어요?"라고 묻자 그들은 나를 이해할 수 없다는 표정으로 쳐다보며 말했다. "아니죠. 스마트폰은 너무 당연하니까 말할 필요가 없다고 생각했지요." 그 말인즉 '스마트폰'은 유혹이나 집착의 대상이 아니라는 것. '절제'는 언감생심 말도 꺼내지 말라는 단호함이 느껴졌다. 그들에게 스마트폰은 더는 유혹의 대상이 아니었다. 유혹이란 어떤 대상을 선택할지 말지 고민하고 갈등할 때 느끼는 감정이기에 그렇다. 이 단계를 넘어서면 음식이나 옷, 사물과 사람도 객관적으로 바라볼 수 있는 적당한 거리감이 사라진다. 내 정체성의 일부가 되어 유혹이 아닌 당연히 취해야 하는 분신이다.

어쩌면 유혹 자체가 그 무언가를 넘어설 수 있는 희망일 수도 있다. 그러므로 유혹 앞에 고통을 느끼는 것도 은총이 아닐까 싶다. 시에나의 카타리나 성녀는 주님과 이런 대화를 했다고 한다.

"오, 주님. 도대체 당신은 어디에 계시는 겁니까?"

"나는 네 마음 안에 있다."

"유혹으로 가득한 더러운 제 마음에 계시다니, 어찌 주님께서 그곳에 사신다는 말입니까?"

"너의 그런 생각과 마음이 고통이었더냐, 즐거움이었더냐?"

"더 말할 나위 없는 고통이며 슬픔이었습니다."

"바로 그 마음에 내가 있었던 것이 아니고 누구였겠느냐?"

시에나의 카타리나 성녀의 고통은 주님께서 함께 있다는 거룩한 현존의 표시였던 것이다.

나는 매일 아침 묵상하고 기도하면서 내 영혼을 돌보기 위해 무언가 결심을 한다. 하지만 여러 가지 상황에서 내 정서적인 뇌는 본능적 감각 신호를 보내온다. '힘들어' '그만해' '피곤해' '오늘은 괜찮지' '내일부터 해' 등. 결국 이런 작은 유혹에 항복하면 '작심삼일'이 되고 만다.

살레시오 성인은 영혼이 상부와 하부로 나뉜다고 했다. 하부는 상부에 복종하지 않고 반항하는 데 쾌감을 느끼는데, 무엇보다 하부는 유혹에 대항하지 않고 협상하고 싶어한다. 자유롭고 안전하게

즐기고 싶을 뿐이다. 그래서 갈등과 고민, 인내와 고통을 버텨내라
는 상부의 말을 듣고 싶어하지 않는다.

그동안 사소하여 보이지 않았고 느끼지 못했던 작은 유혹들, 그
앞에서 고통받을 수 있다면 은총이고 희망인 것을. 마음껏 고통받
을 수 있는 용기를 감히 청해본다.

기분을
소비하는

소확행

"수녀님. 저, 일본여행 다녀왔어요."

"상담은 언제 시작할 건데?"

"그게…… 조금 늦추면 안 될까요?"

대학생인 W에게서 걸려온 전화였다. 목소리 톤이 높아진 것이 무척 기분이 좋아 보였다. 한 달 전만 해도 죽을 것 같다고 했다. 눈물을 흘리면서 술을 마셔야만 잠을 잘 수 있을 정도라고 했다. 그래서 나는 상담을 권했고 경제적으로 어렵다 하기에 상담비 감면도 신청해놓은 상태였다. 그런데 여행을 다녀오더니 답답했던 마음이 치료된 듯이 보였다.

사실 W는 아르바이트해서 번 돈 대부분을 여행비로 지출한다. "저에게 여행은 소확행이에요!" 하면서 여행은 포기할 수 없다고 했다. 그때 처음으로 '소확행'이라는 유행어가 무척이나 현실감 있게 다가왔다. 상담은 금방 행복한 느낌을 주지 못하니 주저할 수도 있겠다 싶었다. 그러나 나도, W도 안다. 얼마 못 가 다시 힘들어질 것이고, 또 여행을 떠나리라는 것을. 그리고 행복인 듯한 그 기분은 유효기간이 그리 길지 않다는 것도.

언제부터인가 '소유보다 향유'라는 소비 트렌드가 떠오르면서 미니멀 라이프에 대한 관심이 높아졌다. 버릴수록 더 행복한 미니멀리스트에 대한 동경이 하나의 유행처럼 붐이 일었다. 소소한 것에서 확실한 행복을 누린다는 소확행. 물론 듣기만 해도 마음이 따뜻해진다. 누구에게 과시하기보다 있는 그대로 만족하며 살겠다는 것인데, 얼마나 좋은 가치인가. 하지만 왠지 모르게 마음 한편으로는 쓸쓸한 기분이 든다. 이 순간 "많은 사람이 텔레비전 앞에서 웃고 농담하면서도 외로워 못 견뎌 하는 것은 놀라운 일"이라는 토머스 엘리엇의 말이 떠오르는 이유는 무엇일까?

W는 여느 젊은이와 마찬가지로 고달픈 현실에서 미니멀리스트를 꿈꾸고 소확행을 느끼며 살고 싶어한다. 그러면서 입버릇처럼 말하곤 한다. "대단한 행복을 원하진 않아요. 그냥 지칠 때마다 여행으로 나를 위로하고 싶을 뿐이에요." 그는 안락한 공간에서 좋아하는 커피를 마시고 유명한 맛집에서 식사하고 여유가 되는 대로 여행을 다니면서 편안함과 평화를 누린단다.

최소한의 지출로 최대한의 행복을 누릴 수 있다는 데 반가워할 일이다. 그런데 그런 기분을 누리려면 자주 지갑을 열어야 한다. 엄청난 목돈이 나가지는 않지만 행복한 감정을 얻기 위해 '자주' 그 대가를 지불해야 한다. 아주 열심히 힘들게 일해서 번 돈으로 소확행이라는 감정과 맞바꾸는 느낌이다.

사실 많은 기업이 소확행 마케팅에 열공중이다. 그들은 사람들에게 어떤 소비 트렌드로 편안함과 즐거움을 줄 수 있을지를 잘 안다. 그리고 우리는 그들이 내놓은 상품을 소비하면서 행복한 감정을 느낀다. "소유는 원하지 않아요. 그저 향유하고 싶을 뿐."

소유의 반대는 향유가 아닌 무소유다. 그리고 향유는 또다른 무형의 소유가 아닐까 싶다. 그런데 그 소유의 시간은 참으로 짧다. 그래서일까? 그 기분을 향유하기 위해 반복하는 소비 행위는 습관이 되고 취향이 되어 결국 우리의 자연스러운 일상이 되어가고 있다. 마치 소비하지 않으면 행복하지 않은 것처럼.

습관이

인격

"그럼, 잠깐 쉬도록 하겠습니다!"라는 말이 떨어지기가 무섭게 학생들은 일제히 스마트폰을 꺼내들더니 잽싸게 손가락을 움직여댄다. 강의시간이나 쉬는 시간이나 별반 다를 바 없는 고요함 속에서 손가락만 움직인다. 마치 공포영화에서나 봄 직한 영혼 없이 살아가는 좀비가 연상되는 것은 무슨 이유일까?

"자, 이제 수업 시작해요!"라고 하자 마치 몇 년간 사귀었던 연인과 고별식이라도 하듯이, 헤어질 수 없다는 듯이 스마트폰을 계속 만지작거린다. 그러다가 겨우 내려놓는가 싶더니 공허함과 원망이 섞인 눈빛으로 나를 쳐다본다. 이런 대학생들 모습이 서글프다고 하면 사람들은 이렇게 말할 것이다.

"어머, 왜 그러세요. 너나 나나 할 것 없이 다 비슷할걸요."

"이런 일에 태클을 걸면 후진(?) 사람이 되는 거죠."

"이제는 적응할 만도 할 텐데 그러시네."

그렇다. 이제는 너도나도 스마트폰에 빠져 서로를 바라보지 못하는 이 쓸쓸한 장면이 제법 익숙하다. 그런데 이런 익숙한 습관 때문에 잃는 것이 너무 많다. 점차 우리 몸은 바빠지고 마음과 영혼은 머물 자리를 잃어 서로에게 잊히고 있다는 불안감이 든다. 스마트폰에 빠질수록 우리의 뇌 구조가 바뀌어가고 있다는 수많은 학자의 연구 결과를 차치하고라도, 스마트폰이 우리를 인내하지 못하게 하고 생각을 얕게 하며 성찰의 힘을 빼앗아가고 있다는 전문가들의 말이 아니더라도 인간으로서의 품격을 계속 유지하며 살 수 있을지에 대한 의문은 나만의 괜한 기우일까.

요즘은 디지털 습관에 관해 언급하는 것조차 진부한 일 같아 망

설여진다. 그러면서도 영성생활에 도전이 되는 많은 질문을 멈출 수
가 없다.

"갈수록 집중력과 몰입도가 급격히 떨어지면서 지루하고 느린 것
을 못 견뎌 하지 않나?"

"소통의 도구가 아닌 중독적 욕구로 인해 감각적 재미에 빠져들
고 있지는 않나?"

"한 가지 일은 밋밋하고 싱거워서 이것저것 벌여놓고 하나도 제대
로 못 하고 있지는 않나?"

"노는 것 같은데 피곤하고, 일한 것 같은데 해놓은 것은 별로 없
지 않나?"

"몸은 피곤하고 마음은 불안하고 초조해지다보니 우울과 분노 조
절이 잘 안 되는 상황들이 자주 일어나고 있지는 않나?"

이런 우울한 감정을 씻어내기 위해 유쾌한 드라마나 코미디 프
로그램을 보지만 돌아서면 짜증이 나는 이유는 또 무엇일까?

SNS에서 그토록 많은 사람과 소통하며 이런저런 자랑을 하고도
왜 열등감에 못 견뎌 하는지, 지구 끝에서 일어나는 많은 감동적
이야기에 빠져 눈물을 흘리지만 정작 현실에서는 이기적인 행동을
하는 자신이 허망한 순간은 없었는지. 그런데 이런 의문에 대해 흔
히 돌아오는 말은 세상은 다 그렇게 변해왔다는 것, 그리고 어느 시
대건 신기술에 대해 항상 회의적이었다는 것, 편리한 문명은 결코
외면할 수 없다는 것, 그래서 반복되고 익숙해지는 것이란다.

문득 이런 생각이 들었다. 정말 생각하고 싶지 않지만 오늘도, 내
일도, 또 모레도 그렇게 '미세먼지 나쁨'이 날마다 계속 이어진다면

우리는 어떻게 할까? 좋았다, 나빴다 하는 것이 아니라 나쁨만 계속 된다면 말이다. 아마도 1년, 2년이 지나면 너무나도 자연스럽고 당연하게 받아들이지 않을까 싶다. 마스크는 마치 옷의 일부가 되어 다양한 색상과 디자인을 선보일 것이다. 어쩌면 휴대용 산소마스크 까지 지니고 다닐지도 모를 일이다. 물론 우리 몸은 서서히 망가져 가더라도 말이다.

비정상의 반복은 익숙해지면서 습관이 되고 일상이 된다. 그러나 이 세상에 그 어떤 것도 당연한 것은 없다. 나의 인격은 "매일 내가 반복하는 행동의 결과물 그 자체"(아리스토텔레스)이니까.

깜박하지 않고

사랑하기

"그 물은 제가 사용해요."

"네, 네!"

대답은 하고 있었지만 물은 이미 싱크대 배수구로 흘러들어가고 있었다.

"아니, 내가 사용을……."

내 말이 채 끝나기도 전에 화들짝 놀란 D는 호들갑스럽게 머리를 흔들어대며 말했다.

"어머, 어머, 어쩌죠!"

나는 정수기에서 일부러 떠온 물이라 혹시나 버릴까 싶어 말하던 차였다.

"듣긴 들으셨죠?"

"그럼요. 아휴, 제가 이렇다니까요!"

D는 자신의 머리를 콩콩 쥐어박았다. 못 들은 것도 아니었고 이해를 잘못한 것도 아니었다.

"제가 다른 생각을 하고 있었나봐요."

D는 자기 내면의 소리가 너무 시끄러워 외부의 소리를 맞이할 경황이 없었던 것일까.

D는 영리하여 일을 쉽게 빨리 처리한다. 창의력도 있고 재주도 많다. 하지만 무언가 잘 잊고 빠뜨리는 편이다. 그렇게 실수를 하고 애드리브처럼 하는 말이 있다. "그것이 저의 매력이에요." 그럴 때면 헛헛한 웃음이 절로 나온다. 그렇다고 나 역시 예외일 수는 없다. 요즘 들어 하고 싶은 말이 별안간 떠오르지 않는다. 이름이나 장소도 생각이 안 나 "거기 이름이…… 그게 뭐였더라?" 하면서 헤맨다. 그

래서 꼼꼼하게 메모를 해놓지 않으면 쉽게 잊어버린다.

이 시대를 살아가는 우리는 나이와 상관없이 '깜박병'이 있다. 현대인의 질병이라고 할 만큼 모두에게 익숙하다. D 역시 자주 잊고 흘리고 다녀도 그것이 오히려 '매력'이라고 하니 말이다. 문제는 건망증 자체에 있다기보다 이를 극복하려는 의지가 없다는 데 있다. 사람에 따라 '깜박'하는 여러 가지 이유가 있겠지만 병적인 원인이 아니라면 진지하게 내 삶의 태도를 돌아볼 필요가 있다. 사실 내가 소중하고 귀히 여기는 것이라면 그리 쉽게 '깜박'하지는 못할 것이다. 자주 잊고 잃는다는 것은 그만큼 대상에게 마음을 주지 못한 탓도 있을 터다.

나는 언제 깜박하고 남의 말을 주의깊게 듣지 않을까. 주로 내 일에 빠져 분주할 때나 나만의 근심으로 머릿속이 복잡할 때다. 그 순간에는 오로지 '나'밖에 없다. 이런 상황이 반복적으로 이어지면 습관이 되고, 결국 어떤 대상에게 주의를 기울이는 일에 무뎌질 수밖에 없다. 그렇게 되면 나는 나만 바라보는 정신적으로 미숙한 사람이 되지 않을까 싶다.

아무리 재주가 뛰어나고 머리가 좋아도 집중력이 떨어지고 주의력이 부족하면 정신적 능력이 감소하기 마련이나. 드러나는 큰일은 잘해낼지 모르지만 소소한 주변의 일은 소홀히 할 수도 있다. 사실이 소소한 일이야말로 우리를 행복하게 해줄 텐데 말이다.

관심을 갖고 내 말에 귀 기울여주는 사람, 우울할 때 친절하게 다가오는 사람, 힘겨울 때 '힘내'라는 문자를 보내주는 사람, 배고플 때 같이 밥을 먹자고 하는 사람, 피로에 지친 몸으로 집에 들어섰을 때 반갑게 맞이해주는 사람. 이들은 공통적으로 '주의력'을 갖고 있다. 작은 일상에 깨어 있는 영적 예민함이다.

"바쁘고 분주한 가운데에서도 온유하고 친절한 사람은 거의 완벽에 가깝다"고 살레시오 성인은 말한다. 주변에서 일어나는 소소한 일에 사랑으로 누군가에게 주의를 기울여줄 때 내가 행복하다. 정말 그렇다.

기다림이

사라진
세상에서

"수녀님, 왜 전화 안 받아요?" 평소 가까이 지내던 동료 수녀가 신경질적으로 말했다. 순간 당황한 내가 "아, 무음으로 해놓아서……" 라고 말끝을 흐리는데, 동료 수녀가 "예의 없는 것 아닌가요?" 하며 볼멘소리로 불평했다. 순간 머리가 땅하면서 '뭔 예의? 긴급 상황이 있나? 이 수녀가 왜 이러지?' 하는 생각에 머릿속이 복잡해졌다. 알고 보니 그저 무언가 물어보려고 했을 뿐이었다. 그런데 '전화를 안 받는 것이 그렇게 화날 일인가?' 하는 생각에 은근히 괘씸하다는 마음마저 들었다. 게다가 '예의'까지 운운하면서 말이다. 그래서 뭐라고 한마디하려고 하는데, 그렇게 말한 동료 수녀 자신도 놀랐는지 말을 얼버무리며 잽싸게 도망치듯이 나가버렸다.

어이없기도 하고 황당하기도 했다. 나는 집중해서 일하거나 회의를 할 때 전화를 무음으로 해놓는다. 순간 원하는 시간에 전화를 받는 자유마저 잃은 세상에서 살고 있다는 생각이 들자 허탈감이 밀려왔다. 어디 있든 벨이 울리면 언제든지 나는 무조건 응답해야 하는 것일까? 나도 모르는 사이에 나의 시간마저 '공동의 소유'가 되어버린 것인가.

자신의 의지와 무관하게 아무 때, 아무 곳에서 아무에게나 접속을 강요받고 있는 시대다. 전화를 받지 않거나 보낸 문자나 카톡에 답글이 즉시 돌아오지 않으면 조바심을 낸다. 기다릴 수가 없다. 기다리더라도 왜 기다려야 하는지 알아야 한다. "회의중입니다" "나중에 연락하겠습니다" "조금 늦겠습니다"라는 답장이라도 받아야 한다. 즉각적으로 답이 오지 않으면 '나를 무시했어'라고 성급하게 판단한다.

이제 우리는 더는 기다릴 수 없고 기다리지 않는다. 우리는 너나 나나 할 것 없이 대부분 이런 현실에 익숙해지고 있다. 막연한 기다림이란 있을 수 없다. 막차가 끊겨서, 차를 잘못 타서, 몸이 아파서 약속 장소에 가지 못한다 해도 즉시 손가락 몇 개만 움직이면 되니까. 전철이나 버스가 지연되어도 얼마나 늦는지 확인해야 한다. 우리는 그렇게 수십 번씩 확인하고 또 확인한다.

언젠가 나는 버스정보시스템이 고장난 정류장에서 버스를 기다린 적이 있다. 그런데 어쩌면 시간이 그리 더디 가고 무료한지 갑갑할 지경이었다. 그런 내 자신이 참으로 한심하고 실망스러웠다. 사실 급한 일도 없는데 말이다. "앱 까세요. 실시간 버스 위치 정보를 볼 수 있어요." 누군가 나의 이런 느낌에 건넨 조언이다. 그런데 실시간 정보를 확인한다고 해서 기다리는 시간이 단축되지는 않는다. 그렇다고 마음이 더 즐겁고 편안한가? 안내판 대신 버스 위치 정보만 조급한 마음으로 열심히 뚫어져라 바라볼 뿐이다.

현대를 사는 우리 삶의 과정이 가속화되면서 조급증이 만연하다. 기다릴 줄 모르고 쉽게 화를 내고 요구가 많아진다. 산만해서 남의 이야기를 잘 듣지 못하고 성급하게 판단한다. 과정을 음미하지 못하고 성과로 이어지는 결괴에 집착한다. 무엇보다 행복한 감정도 당장 느끼고 싶어한다. 땀을 흘리고 애써서 얻는 만족감보다는 커피 한 잔, 담배 한 개비, 술 한 잔, 게임 한 판으로 즐거운 감정을 누리고 싶어한다. 그래서 쉽게 중독에 노출된다. 즉각적인 쾌감에 따른 유혹을 이기지 못해 중독되기 때문이다. 지루하고 심심하고 우울하고 슬픈 이 부정적인 감정을 단번에 바꾸어주는 '인스턴트 재미'는 누구에게나 유혹이 된다.

사실상 조급한 마음은 바빠서 생기는 것도 아닌 듯하다. 지금 이 순간에 충분히 머물지 못하기 때문이 아닐까. 지금 이 순간을 건너뛰고 싶어 기도할 수도 없다.

기도는 '지금'에 충실해야 하기 때문이다. 깊은 침묵 속에서 기다리고 또 기다리면서 마음을 다스려야 한다. 주님 앞에 무릎을 꿇어야 하고 두 손을 모은 채 마음을 비우고 마냥 기다려야 한다. 그저 '지금' 이 순간이 마지막인 것처럼.

'잘 안다'는 생각,

눈을
가린다

"명절 때 고향 본당에서 강론하게 되었어요. 그런데 얼마나 떨리던지. 천여 명이 있는 큰 성당에서도 떨리지 않았는데……"하며 부끄럽게 웃어 보이던 G 신부. 그러면서 그는 그저 단순하게 있는 그대로의 자신을 보여주면 되는데, 더 잘하려다 강론을 망쳤다고 한탄했다. 자신의 어릴 적 성장과정을 지켜본 고향 사람들 앞에서 새롭게 변한 자신을 보여주고 싶었으리라. 그러나 자신을 잘 아는 사람, 잘 안다고 생각하는 사람들 앞에 선다는 사실이 많이 부담스러웠을 것이다. 나 역시 많은 수녀원을 다니면서 강의하지만 가장 부담되는 대상은 나와 함께 살아가는 수녀들이다.

대부분 우리는 매일 새로운 상황에 맞닥뜨리며 도전하고 노력하면서 더 나은 나로 변화하고 싶어한다. 하지만 누군가를 '잘 안다'고 생각하는 순간 나는 그 사람의 새로움을 접할 수 없다. 예수님도 고향에서는 복음 선포에 실패했다. 고향 사람들은 이미 예수님과 예수님의 가족을 잘 알고 있다고 생각했다. '목수의 아들이고 가족도 우리와 함께 사는데 저런 지혜와 기적의 힘'이 나올 리 없다며 못마땅하게 여겼다. '나 너 잘 알아'라는 확신이 진짜 예수님을 보지 못하게 했다. 결국 예수님은 그들의 낡은 편견 앞에서 그 어떤 기적도 행할 수 없었다.

코칭의 대가 루 타이스는 청중들에게 각자 차고 있는 손목시계의 문자반을 보지 않고 그려보라고 했다. 그런데 놀랍게도 대부분 문자반을 정확하게 그리지 못했다. 이를 두고 뇌과학자는 "뇌는 안다고 생각하는 순간, 더는 기억하지 않는다"라고 말한다. 매일 보는 익숙한 시계, 이미 안다고 생각하기에 문자반의 세밀한 정보는 다시 입력되지 않는다. 즉 어떤 사람을 '잘 안다'고 생각할 때 그 사람에 대한 새로운 정보가 입력되지 않으니 고정관념으로 굳어버릴 수밖에 없는 것이다.

고향 마을이나 직장, 소속 단체에서 한 인간의 고유한 인격을 제대로 경험할 수 있을까. 누군가를 '안다'는 것은 그의 삶 전체의 극히 일부분에 불과하다. 게다가 불행히도 우리의 뇌는 '성공'보다는 '실패'를 더 잘 기억한다고 한다. 생존의 위기와 연결되기 때문에 그럴 것이다. 사람도 마찬가지인 것 같다. 오랜 친구와도 단 한 순간의 실수로 우정에 금이 간다. 우리의 기억 속에는 긴 시간 함께했던 아름다운 추억보다는 한순간의 실패가 더 크게 자리하기 때문이다.

언젠가 후배가 "나도 죽을 만큼 노력한다고요. 그런데 사람들이 그렇게 봐주지 않아요"라고 울먹이며 억울함을 호소하던 모습이 아직도 눈에 선하다. 그는 실패했던 지난 한순간의 과거와 이별하고 싶어서 무던히도 노력해왔다. 하지만 과거의 자신을 아는 주변 사람들의 시선과 판단에 갇혀 무척이나 고통받고 있었다. 가끔 나도 후배처럼 외치고 싶을 때가 있다. 이기적이었던 나, 분노했던 나, 미움을 품었던 나, 불평했던 나, 그런 나를 꽉 잡고 놔주지 않는 나와 가까워서 잘 안다는 그 누군가를 만날 때 그렇다. 마치 사진기를 들고 피사체에 가까이 다가가 클로즈업하면 일부만 확대되어 보이듯이 보고 싶은 부분만 더 크게 본다. 참 편하다. 잘 보이니까. 더는 기억하지 않아도 되니까.

볼 때 안 보이는 것도 있고, 보고 안다고 생각할 때 모르는 것도 있는데……

걸으면서
스마트폰을 보는

이유

한 젊은이가 목발을 짚고 나타났다. 어쩌다 다쳤느냐고 물었다. "그게, 그러니까 스마트폰을 보고 걷다가……"라고 말을 얼버무리고 는 '굳이 더 듣지 않아도 아시잖아요?' 하는 듯이 멋쩍게 웃어 보였 다. 나도 웃었다. 부상을 당한 사람을 당연히 위로해야 마땅하나 젊 은이도, 나도 그냥 웃고 말았다. 누군가 스마트폰을 보면서 걷다가 나무에 부딪쳐 얼굴에 심한 상처가 났는데도 부끄러워 아프다는 말 을 못 했다는 이야기가 생각났다.

왜 우리는 걸으면서 스마트폰을 사용할까? 바빠서일까? 아니다. 오히려 걸음도 느려지고 스마트폰에 제대로 집중하기도 어렵다. 그 렇다면 세대만의 취향일까? 그도 아닐 것이다. 중장년까지 거리에 서 스마트폰을 한다. 서울 시민 세 명 가운데 한 명이 걸으면서 스마 트폰을 사용한다는 조사 결과도 있다.

걸으면서 또는 계단을 오르내릴 때 스마트폰을 보면 위험하다는 사실을 알면서도 사용하는 사람이 많다. '몸'과 '정신'의 차원에서도 매우 불편한 행위인데도 말이다. 불편함과 사고 위험까지 감수하면 서도 스마트폰을 손에서 놓지 못하는 이유는 무엇일까?

우리는 걸을 때 몸의 존재감을 있는 그대로 느낀다. 고독감이 밀 려오기도 한다. 벗어날 수 없는 시간과 공간에 갇혀 '혼자'라는 느낌 이 배가될 때도 있다. 하지만 걸을 때만큼은 '현재'를 온전히 품어야 한다. 차나 비행기로 몸의 확장감을 누릴 수도, 영화나 드라마처럼 내 존재의 확장감을 누릴 수도 없기 때문이다. 걷기는 그저 있는 그 대로의 나와 직면하게 만든다.

나는 거의 매일 걸으면서도 그때마다 의지를 다잡는다. 몸은 참

무력한 것 같다. 우리 몸은 지속적으로 편안함을 찾는다. 먹고 싶고, 놀고 싶고, 눕고 싶다. 걷는다는 것은 이런 욕구에 반하는 행위다.

걸으면서 결핍은 더 커진다. 그래서 사람들이 거리에서 무언가를 먹기도 하고 음악을 듣는지도 모른다. 외로움으로 밀려오는 감정의 허기짐을 음악으로, 스마트폰으로 포만감을 누리고 싶어하는 것이 아닐까. 혼자라는 느낌에서 벗어나고 외로움을 잊기 위해.

'혼자 있음'을 버티지 못하면 불편한 감정이 생긴다. 게으름, 귀찮음, 짜증, 두려움, 우울, 불안, 초조 등의 감정과 마주하고 싶지 않다. 이 불편한 감정에서 벗어나기 위해 스마트폰만큼 좋은 것은 없을 듯싶다. 스마트폰은 지속적으로 다른 감정을 덧입히고 '혼자 있는 시간'과 현재를 잊게 만든다. 그런데 이 습관은 결국 '현재'에서 벗어나는 산만함으로 기울어진다.

스마트폰은 우리가 현재에 집중하는 것을 힘들게 한다. 집중력이 부족하면 높은 차원에서 영적인 삶을 살아가는 것이 어렵다. 대화할 때, 공부할 때, 정리할 때, 강의 준비할 때, 회의할 때, 창의적인 일을 모색할 때, 그리고 무엇보다 기도할 때 집중력을 흐리게 한다.

나는 가능한 매일 걸으려고 한다. 귀찮아도, 피곤해도, 바빠도 걷는다. 걷기는 몸의 기도이며 순례 행위다. 무엇보다 나 자신에게 집중하는 소중한 순간이다. 몸에 집중할 때 영과 하나가 된다. 몸의 존재감을 만끽할 때 '혼자 있음'을 즐길 수 있다.

하느님을 찾는 그리스도인이나 수도 성직자들만이라도 스마트폰 없이 걸었으면 좋겠다. 걸으면서 몸과 영의 소통을 이루어내고 '현재'를 촘촘하게 누리면 어떨까?

잃어버린

장소

우리 수도자들은 매년 새로운 소임이 주어지면 미련 없이 떠나야 한다. 늘 그러하듯이 나는 그동안 함께 살았던 한 수녀를 보내야 했다. 서운했지만 헤어지고 만나는 것이 우리의 일상인지라 배웅 후 가벼운 마음으로 집으로 돌아왔다. 그런데 카톡을 확인한 순간 이상한 느낌이 들었다.

"그동안 감사했습니다. 사랑 가득 담고 갑니다."

정말 떠났다는 생각이 들었고 갑자기 슬퍼졌다. 게다가 "○○ 수녀님이 채팅방을 나갔습니다"라는 메시지는 헤어진 수녀의 부재를 더욱 실감나게 해주었다.

단체 채팅방이라는 가상공간이 나에게 특별한 의미가 있었던 것일까? 나는 그곳에서 어떤 소통을 하며 끈끈한 우정을 나누었을까? 경험으로 얻은 정보는 더 깊이 기억 속에 저장된다. 하지만 단체 채팅방에서 어떤 일이 있었는지는 아무런 기억이 없다. 하기야 전체와 소통하는 채팅방에서 수녀님과 나만의 특별한 사연이 있을 리 없었다. 그동안 주고받은 메시지를 무심히 들여다보았다. 전체 알림 사항만 가득했고 간혹 몇 장의 사진만이 눈에 들어왔다.

그런데 이 느낌은 무엇일까? 카톡은 감정을 전달해주는 소통의 공간이다. 채팅방에서 주고받는 글은 말에 가깝기에 가벼운 느낌이다. 단체 채팅방은 단순한 공간space이지만 과도한 감정을 연속적으로 주고받는다. 게다가 자매들과 함께 살아가는 공동체라는 진짜 장소place와 뒤섞여 더 강렬한 정서적 반응을 촉진해주었는지도 모른다.

그러고 보니 카톡이란 공간과 실제 장소의 경계가 혼란스러웠던 일이 생각난다. 작년 연말 즈음이었다. 나는 언니, 동생과 함께 저녁식사를 했다. 언니는 사진을 찍어 식사하는 모습을 가족 채팅방에 올렸다. 그런데 아들이 "엄마, 너무한 거 아니야?"라는 불만 섞인 글을 보내왔다. 그 시간에 아들은 아내의 조산기로 병원에서 우울한 시간을 보내고 있었기 때문이다. 하지만 언니는 하루 내내 며느리 걱정을 하다가 잠시 동생들과 기분 전환을 하고 있던 터였다. 그런데 카톡을 확인한 아들은 엄마와 이모가 바로 그 시간에 자신이 머무는 병원에서 놀고 있는 느낌을 받은 것이다. 실시간으로 빠르게 주고받는 카톡이라는 공간은 '지금'이라는 시간에 정지되고 진짜 장소에 대한 감각이 서로 뒤섞여 거리감을 느낄 수 없게 만들기 때문이다.

카톡을 하는 대부분 우리는 보이는 대로 반응하고 즉각적으로 대화한다. 나만의 공간이 공동의 장소가 되고 공동의 장소가 개인의 공간이 되기도 한다. 실제 세상에서는 한 번에 두 장소에 머무는 일이 불가능하다. 시간이 필요하고 고달픈 여정을 가야 할지도 모르기 때문이다. 하지만 사이버 세상은 다른 공간에 가기 위해 지금의 장소를 비울 필요가 없다. 그래서 서로의 복잡 미묘한 생각과 느낌을 공유하기보다 관광객처럼 훑고 지나가는 흥미로운 감정에 더 지배된다.

언니의 아들은 아내와 병원에 단둘이 있었지만 채팅방에서는 엄마와 함께 있는 것과 같다. 엄마가 말한 만큼, 보여준 만큼만 보고 느끼고 판단한다. 그러니 즐겁게 놀고 있는 엄마의 모습은 불안한 아들을 더 외롭게 했으리라.

영국의 지리학자 에드워드 렐프는 "인간다움은 의미 있는 장소로 가득한 세상에서 비롯되며 자신이 머무는 장소를 잘 아는 것"이라고 했다. 우리는 실존하는 '장소'와 이리저리 옮겨다니며 구경하는 '사이버공간'에 대한 감각이 뒤섞여 진짜 장소에 대한 감각을 점차 잃고 있는 것 같다.

우리는 우리가 살아가는 장소를 잘 알고 있는 것일까? 혹시 '인간다움'을 잃어가고 있는 것은 아닐까?

한 발
물러서서

바라보기

가끔 눈빛만 주고받던 S수녀와 함께 살고 싶다는 생각을 한 적이 있다. 부드러운 목소리와 평온하고 친절한 그의 모습이 매우 좋았고 존경스러웠다. 그러다 함께 살 기회가 생겼다. 기대가 컸던 탓이었을까. 막상 함께 살아보니 불편했다. 부드러운 목소리로 매몰차게 거절할 때나 웃으면서 상대방의 결점을 지적할 때 '아, 사람은 함께 살아봐야 알겠구나'라는 생각을 했다. 그러면서 차츰 그에 대한 존경심이 사라졌다.

함께 사는 사람을 존경하면서 살기란 쉽지 않다. 내가 강의하는 모습을 본 사람들은 이렇게 말한다. "존경스러워요" "열정적이에요" "밝아서 좋아요" 등. 하지만 나는 늘 강의할 때처럼 열정적이거나 밝지만도 않다. 함께 살았던 한 수녀는 나에게 "수녀님, 알고 보니 헛똑똑이군요"라며 놀렸다. 나를 정확하고 예리한 사람이라고 생각했는데, 실수도 하고 남들 다 아는 이야기도 모르니 한 말이었다.

"성인聖人과 한집에 살기 어렵다"는 말도 있지 않은가. 물론 어느 정도 나이 차이가 있거나 역할이 달라 거리를 유지한다면 괜찮을 수 있다. 그러나 늘 함께 먹고 자고 일을 같이하면 '거리'가 없어진다. 거리가 없어지면 '정'은 있어도 '존경'하기는 어렵다. 군대를 간 아들도 멀리 떨어진 뒤에야 '부모님'에게 존경의 마음을 담아 편지를 쓴다. 나 역시 부모님이 살아 계실 때는 "존경합니다"라는 말을 제대로 하지 못했다. 부모님이 돌아가신 후에야 부모님이 살아온 자취를 더듬어보고 존경심이 마음 깊이 우러나왔다.

요즘은 디지털 정보로 인해 공사公私가 뒤섞이게 되면서 거리감이 사라졌다. 한 번도 만난 적 없는 유명 연예인이나 정치인의 사생

활을 가십거리로 삼는다. 언젠가 지인들과 담소를 나누던 중에 누군가 이야기를 꺼냈다.

"○○○가 김치만두를 얼마나 맛있게 먹는지 정말 먹고 싶어지더라고요."

"걔가 몇 살이더라?"

"아마 걔가 50대 초반?"

이후에도 결혼을 했느니, 이혼을 했느니 하면서 대화를 나누었다. 평소 텔레비전을 잘 보지 않는 나는 '걔'가 그들의 친한 친구인 줄 알았는데, 알고 보니 연예인이었다. 언니나 동생과 이야기할 때도 앞뒤 설명 없이 '걔'가 등장하는 경우가 종종 있다. 그러다보니 실제 일어나는 일과 텔레비전 속 인물 이야기가 뒤섞여 혼란스럽다.

이야기를 하다보면 낯선 사람도 한순간에 친한 이웃이 된다. 같은 사람도 누군가에게는 악마가 되고 누군가에게는 천사가 되어 잡담과 험담으로 흘러간다. 디지털 정보는 낯선 사람을 우리의 사적 공간으로 끌어들이고 친근감을 느끼게 하지만 예우를 하지 않는 '걔'가 되기도 한다.

빠르고 쉽게 소통하는 지구촌에서 살아가는 우리는 모두 같은 마을 사람이다. 유럽이나 미국, 한국의 고향도 모두 같다. 그래서일까. 트럼프 대통령도, 문재인 대통령도 종종 이름으로 불리며 등장한다.

조금은 떨어져서 디지털 정보를 받아들이면 어떨까. 나무나 꽃도 잘 자라려면 적당한 거리가 필요하다. 고속도로에서는 안전운전을 위해 차 간 안전거리를 유지해야 한다. 서로 사랑하고 존중하기 위해서는 거리가 필요하다. 적당한 거리는 존경하는 마음을 갖게 한다.

혼자이고 싶은

이유

강의를 시작하기 전 잠깐 멈추어 성찰하는 시간을 가졌다. 나의 마음이 '집'이라면 어떻게 생겼을까. 사람들이 자유롭게 드나들 수 있도록 문은 열어놓을까. 창밖에는 비가 올까, 해가 떴을까. 마음의 집주인은 '나'일까, 아니면 불안과 걱정, 욕심일까. 조용히 내면을 들여다본 후 각자 마음의 집을 그리게 했다. 그리고 집을 소개하는 시간을 가졌다.

"저는 혼자 있을 방이 꼭 필요해요."

너무 고단하고 힘들기 때문이란다. 적지 않은 여성들이 자기만의 특별한 방이나 공간을 만들어놓고 가족과 분리된 곳에 있다는 점이 눈에 띄었다. 누구는 일하고 집에 돌아오면 입도 뻥긋하기 싫다고 한다. 그래서 아무것도 하고 싶지 않을 때가 많다고 한다. 게다가 마음의 문을 열어놓은 사람도 많지 않다.

"친한 사람만 집에 들어올 수 있어요."

"일단 누구인지는 확인해야겠지요."

"낯선 사람이 들어오면 스트레스를 받을 거 같아요."

불과 몇 년 전 강의할 때만 해도 대부분 친밀한 공간에 자신과 가까운 사람이나 자녀와 함께 있었다. 또한 이웃이 언제든지 들어오도록 대문도 열어놓겠다고도 했다. 그런데 최근 들어 세대가 바뀐 것인지, 살기가 힘들어서인지 혼자만의 시간과 공간에 머물고 싶어 하는 원의가 높아진 것 같다. 그렇다고 혼자 있을 때 피로감을 날려버릴 수 있는 '쉼'의 시간을 보내기는 하는 것일까?

"스마트폰 하지요."

"TV 봐요."

"애완견 산책시켜줘요. 물론 스마트폰 하면서……."

고단하고 피곤하면 뇌가 쉬도록 비워주어야 하는데, 오히려 스마트폰 과다 사용으로 스트레스성 호르몬양을 더 늘려주는 격이다.

요즘 떠오르는 트렌드 키워드는 '1인 체제' '나만의 공간' '간편 가정식' '유튜브 홀릭' '워라밸' '소확행' '케렌시아' 등이다. '나 홀로 트렌드'를 부추기는 내용들로 가득하다. 혼자이고 싶은 이유는 무엇일까? 자기만의 공간에서 놀고먹고 운동할 수 있어 굳이 밖에 나가지 않아도 된다. 돈 들이지 않고 즐기는 유튜브가 있고 소통하고 싶은 사람만 만날 수 있는 소셜 미디어가 있다. 때로는 백화점에서나 거리에서 누군가 너무 친절한 것도 귀찮다고 한다. 알고 싶으면 검색하면 되니까.

그러고 보면 수녀인 나도 무인 계산대가 익숙하고 전화보다는 문자 메시지가 편하다. 정말로 친하지 않으면 전화하는 것도 망설여진다. '아침에 전화하면 실례일까' '식사할 때 전화하면 안 되겠지' '전화로 할까, 문자로 할까' 사람들에게 전화할 때 무던히도 많은 생각을 하고 용기를 내어 전화하는 나를 발견한다.

실제로 한 언론사에서 1000명을 대상으로 한 조사 결과에 의하면 요즘 누군가에게 전화를 거는 것이 드문 일이라고 답한 사람이 무려 70퍼센트 정도나 된다고 한다. 전화를 주고받을 정도라면 진짜 친밀한 관계라고 답한 사람도 70퍼센트가 넘는다. 놀라운 것은 자주 경험하는 감정 1위가 '귀찮음'으로 나타났다. '나 홀로' 문화나 '1인 체제'를 선호하는 이유이기도 하다. '귀찮음', 이 감정은 관계에서 오는 피로감 때문일까, 현대 기술의 편리함에 너무 익숙해진 탓일까, 그래서 피곤한 노동에서 벗어나고 싶은 게으름 때문일까?

산책하러 나갔다. 이제는 산책할 때 스마트폰과 애완견은 필수가 되어가는 것 같다. 마치 관계의 대상이 굳이 인간일 필요가 없다는 듯이 다들 편안해 보였다. 그런데 이런 풍경에 익숙해지는 내가 조금은 무서워지려고 한다. 잠시 호흡을 가다듬고 계단으로 올라서는데, 어디선가 왁자지껄 떠드는 소리가 들려왔다. 소녀처럼 까르르 웃으며 대화 삼매경에 빠진 중년 여성들을 만났다. 순간 나도 모르게 한숨처럼 기도가 절로 나왔다.

"사람과의 관계만으로도 행복하기를……."

2장

○

잠시
나를
내려놓다

과거를
업고 다니는

사람

두 수도승이 비가 온 후 진흙탕이 된 시골길을 걸어가고 있었다. 길을 건너려는데 한 여인이 진흙탕 길을 건너지 못하고 머뭇거리고 있었다. 그러자 한 수도승이 그 여인을 등에 업고 길 반대편으로 데려다주었다. 그렇게 한참을 침묵하며 걸었다. 다른 한 수도승이 참다못해 말을 꺼냈다.

"어떻게 여자를? 우리 수행자들은 그러면 안 되는 것을 잊었습니까?"

그러자 여인을 업었던 수도승이 말했다.

"나는 이미 그 처녀를 내려놓았는데, 당신은 아직도 그 여자를 업고 있었구려."

언젠가 책을 읽다가 인상 깊어서 적어두었던 이야기다.

'과거'에 대한 불편한 기억으로 '현재'를 힘들게 살 때가 있다. 가끔 머릿속 생각들을 찬찬히 훑다보면 온통 지나간 일들에 대한 넋두리를 하게 된다.

"그 말은 하는 게 아닌데……."

"정말 그 사람은 이해가 안 돼……."

"다음에 만나면 이 말은 꼭 해야겠어."

'과거'를 업고 다니느라 '현재'가 무겁다. 머릿속 아우성을 생각하며 좇다보니 몸은 뿌리를 내리지 못해 결국 병이 들어 아프다. 현시대를 살아가는 우리는 어느 정도의 불안장애를 안고 살아간다. 장소에 대한 공포부터 공기나 음식에 대한 알레르기까지. 특정 동물이나 사람, 사건에 대한 강박이나 불안도 있다. 가슴이 답답하게 조여올 때도 있고 숨이 막히거나 진땀이 날 때도 있다. 이런 불안감은 도대체 어디서 오는 것일까? 과거의 아픈 기억 때문이 아닐까 싶다.

나는 한동안 콩국수를 먹지 않았다. 콩국수만 보면 습관적으로 거부했다. 그러다가 곰곰이 생각해보았다. '왜 나는 콩국수를 싫어하지?' 과거에 대한 불편한 기억이 떠올랐다. 어린 시절 공무원이었던 아버지의 박봉에 큰 기대를 할 수 없었던 엄마는 보험회사도 다니고 이런저런 장사도 많이 했다. 한때 식당도 운영했다. 그때 엄마가 팔다 남은 콩국수를 자주 들고 왔던 기억이 있다. 엄마가 밤늦게 피곤에 지친 상태로 가져온 콩국수. 결코 맛이 있을 리 없었다. 자주 먹게 되다보니 지겹기도 했다. 나중에 알게 된 사실이지만 우리 가족 모두 하나같이 콩국수를 먹지 않았다. 아예 입에도 대지 않는 형제도 있었다.

그때 생각했다. '아, 나는 콩국수 자체가 싫은 것이 아니라 콩국수에 대한 나의 감정이 문제였구나.' 감정은 생각을 만들고 그 생각에 따라 행동한다. 과거를 바꿀 수는 없다. 그러나 생각을 바꿀 수는 있다. 그러면 감정도 달라진다. 나는 생각을 바꾸기로 했다. 그래서 '콩국수'에 대한 기억을 다시 정리해보았다. 엄마가 나를 위해 정성을 들여 만들어 팔던 '콩국수.' 그 콩국수는 내게 필요한 따뜻한 옷과 음식이 되고 사랑이 되었으리라.

용기를 내어 콩국수를 먹어보았다. 두렵고 떨리는 마음으로 아주 조금. 엄마에게 감사하는 마음으로 또 조금. 그러다가 어느 순간 엄마가 장사하기 전 직접 맷돌에 콩을 갈아 만들어주었던 콩국수가 생각났다. 고소한 맛이 느껴지면서 기분이 좋아졌다. 무언가 내가 대단한 일을 해낸 듯한 뿌듯함이 마음 가득히 차올랐다.

　나는 그때 한 가지 결심한 것이 있다. 과거와 싸우지 말자고. 과거는 바꿀 수 없지만 생각은 바꿀 수 있다. 과거를 내려놓지 못하면 '현재'가 불편하다. 내가 가진 것은 단지 '현재'뿐인데 말이다.

마음의 무게

내려놓기

며칠 전 언니 집에 갔다가 거실에 있는 체중계가 눈에 들어와 가벼운 마음으로 그 위에 올라섰다. 순간 체중계의 숫자에 놀라 "언니, 이거 고장났나봐" 하며 호들갑을 떨었다. 그 순간 나는 은근히 "그 기계, 조금 더 나가"라는 말을 기대했는지도 모른다. 하지만 돌아온 대답은 "아주 정확합니다"라는 냉혹한 말이었다. 오랜만에 몸무게를 잰 나는 전보다 껑충 뛴 숫자에 당황했다.

요즘 따라 몸이 무겁고 허리띠도 꽉 조여온다는 느낌은 있었지만 일에 쫓겨 무심하게 살아왔다. 문득 언젠가 읽은 신문 기사 내용이 생각났다. 과체중자 3000명을 2년간 꾸준히 연구한 미국 유명대학 연구팀의 결과에 따르면 몸무게를 매일 재는 사람들이 살을 더 뺄 수 있다고 한다. 평소 몸무게를 자주 재지 않는 사람들은 오히려 몸무게가 늘고, 자신의 몸무게를 매일 확인하는 사람들은 식사량과 운동 습관을 꾸준히 점검하여 행동 변화까지 가져온다는 것이었다.

수도자인 내가 몸무게 숫자에 이렇게 격한 반응을 보이다니 참으로 면구했다. 그러면서 '눈에 보이는 몸도 이렇게 무게를 자주 재고 보살펴야 한다면, 보이지 않는 내 마음의 무게는 어떻게 알아 살필 수 있을까?'라는 생각이 들었다. 보이는 몸에는 민감하게 반응하면서 내 영혼을 담은 마음은 방치하고 있는 것이 아닐까? '마음의 무게'를 매일 재고 바라보면서 꾸준히 내적 상황을 점검한다면 행동의 변화를 기대할 수 있는데 말이다.

가끔은 온갖 근심과 걱정으로 머릿속에 철근이 든 것처럼 무거울 때가 있다. 때로는 인정받고 싶은 욕심에 이런저런 갑옷을 걸쳐 입어 힘겨울 때도 있다. 그때마다 '마음의 무게'를 꾸준히 재고 보살펴야 한다. 보이는 것에만 급급하여 분주하게 살다보니 마음에 체지 방이 쌓여가고 있는지도 모른다. 외로움과 무력감, 박탈감과 공허함, 그리고 자존심으로 인한 과다한 욕망까지 겹쳐 합병증의 위험은 날로 늘어가고 있는지도 모를 일이다. 우울과 슬픔, 분노와 불평이라는 부정적인 감정으로 기쁘지 않은 생활을 반복하고 있다면 분명 '마음의 비만'일 텐데 말이다.

몸이 아프고 허리 통증이 생기고 의욕을 잃을 때 가만히 생각해 본다. 과연 나는 정말 몸이 아픈 것일까? 아니면 일이 너무 많아 피곤함에 지쳐서일까? 아니다. 마음의 무게에 짓눌려 아픈 것이다. 욕심만큼 잘해냈다고 해서 만족할까? 원하는 만큼 열심히 일하고 최선을 다했지만 한순간의 집착으로 더 힘들어질 때도 있다. 마음속 집착만큼 더 무거운 것은 없다. 무거운 돌덩이를 붙들고 몸부림치는 것과 같다. 아무리 최고의 능력으로 그 무언가를 해내었다 하더라도 누군가로부터 받는 '인정'에 집착하는 순간 성취한 것보다 더 공허해질 때가 있다. 역설적으로 마음이 무겁고 아플 때 돌아가야 할 곳은 아픈 마음, 바로 그 지점인 것 같다. 마음의 무게를 재기 위해서라도 말이다.

언젠가 무척이나 곤혹스러운 일을 겪었다. 머리는 무겁고 가슴은 답답했다. 생각하고 되뇔수록 더 힘들어졌다. 그래서 생각의 분주함에서 벗어나려고 하던 일을 멈추었다. 내면의 싸움을 멈추고 아픈 마음의 무게를 재야 했다. 먼저 아프다고 무조건 보호하려 하지 말고, 그렇다고 통제하려 애쓰지도 말자. 마음속 집착에서 오는 몸부림으로부터 거리를 두고 할일 없는 사람처럼 나만의 시간을 갖자고 생각했다. 그리고 무엇보다 고요한 침묵이 필요했기에 나 홀로 숲길을 따라 무조건 걸었다. 판단과 집착의 무거운 덩어리를 내려놓고 즐거운 상상을 하면서 힘을 빼고 숨을 깊게 들이쉬었다. 그리고 서서히 찾아오는 고요한 침묵에 나를 온전히 맡겼다.

어느 순간 믿기지 않을 만큼 놀라운 일이 생겼다. 잔잔하게 스쳐가는 바람 한 줄기가 내 영혼을 건드렸는지 마법처럼 내 마음이 출렁이기 시작했다. "아, 좋다!" 나도 모르게 감탄이 흘러나왔고 마음 깊은 곳에서는 평화와 기쁨이 가득 차오르고 있음을 느꼈다. 성령의 바람, 성령의 숨결이 이런 것일까? 장엄하고 거대한 메시지는 없다. 보이지 않고 들을 수 없어 언어로 표현할 수도 없다. 그저 막힌 에너지가 풀려 몸은 깃털처럼 가볍고 마음은 고요한 기쁨으로 가득할 뿐이었다.

바쁘면

용서가 되나요

K는 딸이 대기업에 취직했는데 너무 바빠서 얼굴도 보기 힘들다고 한다. 어쩌다가 전화라도 하면 "엄마, 왜? 나 바쁜 거 몰라~"라는 메시지가 날아오면서 연락도 하지 말란다. 누군가 "속상하셨겠네요"라고 하자 그는 손사래를 치며 "아뇨, 바쁘면 그럴 수도 있죠" 하면서 오히려 좋은 직장에서 열심히 일하는 딸을 무척이나 대견스러워했다. '바쁨'으로 딸의 신경질적인 무례함이 용서되는가보다.

누구는 "의사가 운동하라는데, 도무지 운동할 시간조차 낼 수 없다" 하면서 이 사람 저 사람에게 자랑하듯이 말한다. 누구는 중요하게 챙겨야 할 것을 잊고 나서는 "아휴, 요즘 바빠서 정신이 없어요!" 라면서 목소리 톤을 높여 말한다. 또 누구는 회의시간에 늦게 와서는 "죄송합니다"가 아닌 "정말 몸이 두 개라도 안 되겠어요" 하는데 오히려 그 말투에 당당함까지 배어 있다.

주변 사람에게 짜증내고 불평하면서 "내가 요즘 너무 힘들고 고달파서 그래요"라면서 이해해달라고 한다. 바빠서 힘들고 고단하고 스트레스가 쌓여 신경질을 내는 것이니 양해해달라고 한다. 나 역시 마찬가지. 누군가에게 짜증을 내고는 "내가 요즘 상황이 그래……"라면서 이해하라고 한다. 그런데 나는 왜 바쁠까? 아니 왜 바빠야만 할까? 운동을 못 해서 아픈 깃도, 중요한 것을 챙기지 못한 것도, 약속시간에 늦는 것도 왜 다 '바쁨'으로 용서되기를 바라는 것일까?

언젠가 지인이 "수녀님, 차 한잔 대접하고 싶어요. 오셔서 이야기 좀 해요"라고 하는데 내 입에서 자연스럽게 나오는 말, "네. 그곳에 갈 일 있으면 연락드릴게요." 전화를 끊고 생각했다. '갈 일 있으면……'

뭐야. 이제 '일'이 있어야 사람도 만나는 거야' 하면서 자책한 적이 있다. 나는 진짜 차 한잔 마시면서 사람을 만날 여유조차 없었던 것일까? 아니면 바쁘다는 존재감을 과시하려는 것은 아니었을까?

바빠서 고달프다고 느낄 때, 분주하여 초조하고 불안할 때, 일이 너무 많아서 사람을 만나 차 한잔 마실 여유조차 없다고 느껴질 때, 바빠서 사람들에게 신경질을 내고 불평할 때 어쩌면 나는 일로 무엇을 내세우려다 오히려 나 자신을 착취하고 있는지도 모른다. 일이 나의 존재감을 높여준다고 착각하는 것인지도. 멈춤과 쉼, 느긋함과 여유는 '나태함'이나 '게으름'이라는 편견을 가졌는지도 모르겠다.

요즘 나는 새 건물에 입주하고 나서 많은 하자로 신경쓰는 일이 여간 많은 것이 아니었다. 그동안 보이지 않았던 자질구레한 하자들을 거의 매일 발견하면서 마음이 망가져가는 기분이었다. 누군가 "공사다망하시죠?"라는 우스갯소리로 인사말을 건넸다. 생각해보니 '공사다망公私多忙'에서 이 '망忙'이라는 글자가 마음心이 망亡했다는 뜻이 아닌가? 바쁘면 마음이 망가지나보다. 하지만 사실 '바쁨' 그 자체가 내 마음을 망가지게 한 것은 아니었다.

솔직히 내 마음에는 건축으로 인한 이런저런 불편한 감정들이 있었다. 그 감정을 외면하고 싶어서 더 분주히 나를 몰아세운 것은 아니었나 싶었다. 바쁘면 잊으니까. 바쁘면 다른 것은 보지 않아도 되니까. 바쁘면 그냥 많은 일이 용서될 것 같으니까. 그래서 그냥 바쁘고 싶었는지도.

그래, 바쁘면 그럴 수도 있는 것이 아니었다. 마음이 망가져 바쁨으로 회피했던 그 마음을 돌볼 '멈춤'의 시간이 필요했다.

멈추어
집중할 때

더
행복하다

그런 사람이 있다. 만나면 편하고 마음의 여백을 주는 사람. 어떤 이야기를 해도 기분좋은 사람이 있다. 아이들 수업을 위해 매번 2시간 이상을 버스와 전철을 갈아타고 오는 V가 그렇다. 어느 날 그에게 "힘들지 않냐"고 물었더니 "수녀님, 저는 여기 오는 2시간이 너무 좋아요"라고 해맑게 말했다. 그러면서 "결코 지루하거나 힘든 시간이 아니라 오히려 의미 있고 평화로운 시간"이라고 했다. 그때 그의 따뜻한 마음이 말과 눈빛에 고스란히 녹아 있는 것 같아 더 감동을 받았던 기억이 있다.

V는 어디를 가든 이동중에 스마트폰은 거의 만지지 않는다. 단지 책을 읽거나 기도를 한다. 버스와 전철 안에서 또는 거리에서 수시로 스마트폰을 보며 분주히 오가는 사람도 있지만 V처럼 독서와 기도만으로 고요함을 즐기는 사람도 있다. V가 시간이 많아서일까? 경제적 여유가 있어서일까? 그렇지도 않다. V는 프리랜서로 강의를 하러 다니고 주말에는 시골에서 농사를 짓는다. 게다가 노후 준비를 위해 요양보호사 자격증을 취득하려고 공부도 한다. 그런데도 세상에서 가장 시간이 많은 사람처럼 여유가 느껴진다. 아무 일 없는 사람처럼 서두르지 않고 주어진 시간을 즐긴다. 그는 사람들이 가끔 자기를 보고 "수녀님이세요?"라고 물어서 당황할 때가 있다면서 얼굴을 붉혔다. 그런데 그 말을 듣는 진짜 수녀인 내가 더 부끄러웠다.

V의 한결같은 평온함은 어디서 오는 것일까? 책을 좋아하고 기도를 열심히 하는 그는 '멈춤'을 즐긴다. 사실 그렇다. 책을 읽을 때 내 일상의 분주함과 주변의 요란스러움이 멈춘다. 그리고 기도할 때 마

치 우주 밖에서 나 홀로 하느님과 마주하는 느낌이 들 때가 있다. 독서와 기도 습관은 흔들리는 외부 상황보다는 고요한 깊은 심연에 더 머물 수 있게 하는 힘을 길러준다. 책을 읽을 때는 기도할 때와 유사한 뇌 반응을 보인다고 한다. 책을 읽거나 기도를 할 때 뇌는 집중하게 되는데, 이때 몸이 차분해지면서 마음이 고요해진다. 신경 학자들은 우리의 뇌는 명상이나 기도, 책을 읽을 때 집중하는데, 이 는 영적인 경험을 할 때 나타나는 신경 반응과 비슷하다고 한다.

모든 마음 수련은 집중력이다. 집중력은 인간으로서 최고의 덕목 이며 능력이라는 생각이 든다. 공부, 대화, 기도, 관계, 반성, 성찰 등 모두 집중력이 필요하다. 이 집중력은 완전히 현재에 머물게 하고 마음에 깊은 평화를 준다. 멈추어 사색할 능력이 없는 사람은 일반 적으로 스트레스나 신경증에 취약하다는 연구 결과도 있다 하니 집 중하는 사람이 더 행복하다는 말은 믿어도 좋을 것 같다. 사실 집 중 여부와 행복의 관계를 조사한 연구자들에 의하면 몽상을 많이 하고 오만 가지 생각으로 산만한 사람은 덜 행복하다고 한다. 멈추 어 머물고 주의를 집중할 때 더 행복하다는 것이다.

사실 좋은 책은 읽다보면 지식이 아닌 지혜가 쌓이고 정신이 아 닌 마음이 깊어지는 느낌이 든다. 지금은 세상을 떠났지만 한글을 스스로 깨친 나의 엄마는 신심 활동을 위한 다양한 책을 열심히 읽 으면서 아름다운 노후를 보냈다. 어느 날 엄마의 일생을 회상하면 서 옛 사진들을 보다가 엄마의 얼굴이 유독 빛나기 시작했던 시점 을 찾아냈다. 바로 성당의 신심 단체에서 열심히 활동하며 기도생 활을 즐겼던 시기였던 것 같다. 그리고 독서를 제대로 시작한 것도 그때였으리라. 책을 읽으면서 줄을 놓치지 않으려고 손가락으로 짚어가면서 열심히 글을 따라가던 엄마의 행복한 모습이 기억난다. 그리고 노인이 읽기에 쉽지 않은 영성 서적을 읽으면서도 "재미있다"라고 하며 환한 미소를 짓던 엄마의 모습이 눈에 선하다.

달라져야 할
것은

나의 시선

영화는 끝까지 보아야 한다. 물론 끝이 뻔한 영화도 있다. 동화처럼 "행복하게 살았대요"라며 결말을 내는 영화도 있고 "이렇게 끝나? 어이없네!"라고 할 정도로 허망하게 끝나는 영화도 있다. 또 악당은 모두 죽고 주인공만 살아남거나 모진 고난을 이겨내고 성공으로 마무리하는 영화도 있다. 거창하게 시작하여 싱겁게 끝나는 영화가 있는가 하면, 엔딩 크레디트가 나오고도 자리를 뜰 수 없을 만큼 큰 감동을 주는 영화도 있다. 나는 열린 결말의 영화가 좋다. 끝이 없는 끝은 고스란히 현실로 옮겨져 나를 깨워준다.

영화 〈체리의 향기〉에서 주인공 바디는 고단한 삶을 포기하고 죽기로 한다. 낡은 자동차를 타고 거칠고 메마른 길을 가로질러 자살을 도와줄 사람들을 애타게 찾다가 한 노인을 만난다. 노인은 남자의 제안에 응하면서 자신도 한때 나무 위에 올라가 목매달아 죽으려 했다고 말한다. 목을 매려던 나무가 체리나무였는데, 무심코 따먹은 열매가 향기롭고 달았단다. 노인은 체리의 맛과 향에 취해 계속 따먹다보니 돌연 세상이 너무 밝게 느껴졌다는 것이다. 그러면서 체리의 향기는 참으로 특별하다고 말했다.

그러자 바디는 "그래서 뭐가 달라지느냐"며 냉소적으로 묻는다. 노인은 "내가 달라진다"라는 의미 있는 말을 남긴다. 결국 바디는 파놓은 구덩이 안에 누워 약속한 시간에 노인이 와서 흙으로 덮어주기를 기다린다. 그렇게 영화는 끝을 내는 듯했다. '과연 노인은 바디의 자살을 돕기 위해 나타날까?' '바디는 결국 죽었을까?' 하는 의문을 품던 차에 새벽이 되자 화면은 밝은 채도로 바뀌고 우렁찬 군인들의 함성이 들린다. 당혹스럽게도 주인공 바디가 뚜벅뚜벅 걸

어나오고 스태프들과 감독이 등장하여 '촬영이 끝났으니 돌아가자'
고 한다. 메이킹 필름인지, 영화의 끝인지 구별이 되지 않았다. 영화
의 끝은 없었다. 단지 현실로 돌아왔을 뿐이었다.

언젠가 사람들에게 이 영화를 보여준 적이 있다. 영화 중간에 사
람들이 떠나고 몇 사람만 남았다. 대화 장면이 많고 무거운 이야기
를 담아낸 영화가 '지루하다'는 것이었다. 그러나 영화를 끝까지 본
사람들은 '너무 재미있다'며 감동적이라고 했다. 느리고 지루하고
묵직한 영화, 그러나 영화의 끝이 모든 지루함을 한 방에 날려준 것
같았다. 물론 영화는 끝날 때까지 그 어떤 스펙터클한 극적인 장면
도, 위기와 갈등도 없었다. 단지 카메라의 앵글만 달라질 뿐이었다.
마치 흑백에서 컬러로 바뀐 것처럼 밝은 초록빛이 스크린을 가득
채우면서 군인들의 생기 넘치는 움직임과 스태프들의 밝은 표정이
그대로 나의 현실로 다가오면서 '내가 달라졌다'는 느낌을 주었다.
영화는 '지루함은 당신의 시선 때문'이라고 말하는 것 같았다.

또 한 해가 시작되었다. 내 삶을 어떻게 시작해야 할까? 새해를
시작할 때면 지난 시간이 싱겁게 흐른 것 같아 허탈하다. 그렇다고
새해에 극적인 반전이 일어날 것 같지도 않다. 새롭게 마주하는 한
해가 흑백의 세계처럼 막막하게만 보인다. 어쩌면 매년 소소한 일상
에서 특별함을 찾지 못한 것은 내가 변하지 않았기 때문일 것이다.

끝을 말하지 않는 영화처럼 내 삶에도 끝은 없다. 늘 지금 현실
로 돌아오는 '시작'만 있다. 그러므로 새해에는 특별한 계획을 세우
지 않을 것이다. 다만 내가 달라져서 소소한 일상을 소중하게 바라
볼 수 있었으면 좋겠다.

가진 것에

감사하기

오랜만에 L이 찾아왔다. 남편의 실직으로 경제적 어려움에 시달리고 있다고 한다. 여느 학부모가 그러하듯이 자녀교육에 욕심이 많아 보내는 학원도 많다. 그런데 점점 학원비 내기가 어려워지면서 고민이 많아진 것 같다. 그래서 나는 저소득층 자녀를 위한 '방과 후 지역아동센터'를 소개해주었다. 정부에서 다양한 지원을 하고 있고 학습에도 도움이 될 것이라고 했다. 그런데 L은 곤혹스러운 표정으로 아이를 '그런 곳'에 보낼 수 없다고 했다. '그런 곳이라니?' 순간 당혹스러웠다. 더 놀라운 일은 이 상황을 아이들에게 숨기고 어떻게 해서라도 학원을 계속 보내겠다는 것이었다. 아이들까지 빈곤 속에 몰아넣는 것이 너무 비참하다면서 급기야 눈시울까지 붉혔다. "아이들에게 대단한 것은 못 해줘요. 하지만 '남들만큼'은 해야죠" 라는 그의 말이 슬프면서도 공허하게 들리는 이유는 무엇일까?

L이 돌아간 후 그의 자식들이 가정 형편을 모르고 예전처럼 돈을 쓰고 고가의 학원에 다닐 것을 생각하니 가슴이 답답했다. 왜 L은 자녀들에게 있는 그대로의 진실을 말하지 못하는 것일까? 물론 자신이 겪는 암울한 현실에 자식들까지 끌어들이고 싶지 않은 부모의 마음일 터다.

불현듯이 뉴욕 맨해튼에 있을 때 만났던 K가 생각이 났다. 그는 한국에서 고등학교를 졸업하고 미국 유학을 준비하던 차에 아버지 사업의 부도 소식을 접했다. 그의 아버지는 가족을 모아놓고 이렇게 말했다. "우리 가족은 전처럼 여유 있게 돈을 쓸 수 없다. 아무것도 없는 상태에서 다시 시작해야 한다." 그리고 유학을 앞둔 K에게 지속적인 학비 지원을 장담할 수 없다고 했다. K는 "그래도 일단 떠나겠다"라고 했고 가족은 서로 부둥켜안고 울면서 K를 응원했다.

K는 빈민 지역에 작은 방을 얻어 친구와 함께 살았다. 어느 날 K를 찾아갔다. 비좁고 어두운 계단을 올라가니 K가 땀을 흘리며 바닥을 열심히 닦고 있었다. K는 밝은 표정으로 나를 반기며 쥐들이 자꾸 나와서 청소하고 있었던 중이라고 했다. 해진 옷을 재활용하여 가방으로 사용했고 장학금을 타기 위해 틈만 나면 공부했다. 어느 날 그는 나에게 이런 말을 했다. "만약 우리집이 전처럼 풍족한 상태에서 저를 유학 보냈다면 이렇게까지 공부를 잘하지 못했을 거예요. 가난이 저를 성장시켜줬다고 생각해요."

사실 L의 자식들도 어른들이 생각하는 것보다 훨씬 더 담대하게 현실을 헤쳐나갈 수 있을지도 모른다. 적어도 남들보다 물질적 안정을 누리는 것이 진정한 가정이라고 배우지만 않았다면, 자녀가 필요로 하는 것을 모두 '돈'으로 대체하지 않았다면, '사랑'을 돈으로 사지만 않았다면 말이다.

어쩌면 L이 두려워하는 것이 경제적 빈곤으로 인한 자식들의 고통 때문은 아닐지도 모른다는 생각을 조심스럽게 해본다. 혹시 '남들만큼' 해주지 못하면 엄마 자신이 자존심에 상처를 입을까 두려운 것은 아닐까? 물질적 결핍으로 자녀들에게 신뢰와 사랑을 잃을지도 모른다는 엄마만의 불안감은 아니었을까? '남들만' 아니었다면 좀더 자유롭게 선택하지 않았을까?

나는 L이 자녀들과 눈을 맞추며 "당당하게 가족만 보고 살아가"라고 말했으면 좋겠다. 나에게 없는 것에 절망하기보다 가진 것에 감사하며 행복하게 살면 참 좋겠다.

순례,

내려놓을 수 있는 용기

"우리 남편이 산티아고 순례를 다녀온 후 사람이 확 달라졌어요."

"정말이요? 어떻게요?"

"우선 자신감이 생겼고요. 무엇보다 그동안 어디 한곳에 정착을 못 했는데 지금은 취직해서 직장도 잘 다녀요."

지인의 남편 H씨는 오랫동안 전문 분야에서 관리직으로 지내다가 왕성하게 일할 나이에 퇴직하게 되었다. 한동안 방황하면서 자신감도 잃고 우울감에 빠졌다. 경제 능력을 잃고 아내만 바라보아야 하는 상황에 자존감도 바닥이었다. 그러던 차에 아내의 권유로 순롓길에 나섰던 것이다. 그런데 순롓길에서 무슨 일이 있었기에 그가 달라진 것일까?

H씨가 순롓길을 걸으면서 SNS에 올린 글이다.

나는 왜 왔을까? 오고 싶은 것도 아니었고 그렇다고 백수로 살면서 새로운 길을 모색하러 온 것도 아니었다. 가톨릭 신자로서 신앙심을 더 키우려는 의지도 없었다. 그 어떤 바람 없이 그냥 왔다. 게다가 난 아무것도 할 줄 아는 것이 없다. 비행기표 살 줄 알아? 아니. 유심칩이 뭔지 알아? 몰라. 영어 할 줄 알아? 못해. 외국 음식 이름이나 알아? 전혀. 그래 난 아무것도 못한다. 게다가 혼자 여행 갈 생각을 하니 엄청 겁이 났다. 그러다가 '에라 설마 죽기야 하겠어?' 하는 심정으로 왔을 뿐이다. 그런데 걷다보니 참 좋다. 그냥 좋은 것이 아니라 눈물이 날 정도로 너무 좋다. 계획 없이 그냥 부딪쳐도 되는 것이 있다는 걸 처음 알았다. 그래. 이렇게 아무 생각 없이 살아도 되는 걸 왜 나는 여태 억수로 졸며 살아왔을까. 그리 살면 죽는 줄 알았다.

나는 H씨의 글을 읽으면서 '그래, 순례란 바로 이런 것이구나' 하는 생각이 들었다. '죽기야 하겠어?' 바로 모든 것을 내려놓는 용기다. 순례는 외로움을 허하고 아무 바람 없이 욕심을 내려놓는 용기 있는 선택이다. 순례자는 사전에 계획하고 준비하면서 이것저것 챙기지 않는다. 배낭도 하나. 삶의 짐을 덜어내듯이 가벼울수록 좋다. 걷다보면 그동안 움켜쥐었던 욕망의 짐을 덜게 되고 잘 보이고 싶고 인정받고 싶고 방어하고 싶어 입었던 무거운 갑옷도 벗고 싶어진다. 그렇게 덜어내고 벗다보면 진짜 나의 참모습과 가까워진다. 미움받을까봐, 판단받을까봐 두려움에 잔뜩 웅크리던 어린아이 '에고$_{ego}$'와도 거리가 생긴다. 그래서 점점 더 내가 진짜 좋아진다.

순례자에게는 처음부터 끝까지 그 여정 자체가 구원의 시간이다. 그러니 어찌 행복하지 않을 수 있을까. 나와 열애하는 순렛길, 그냥 내가 좋은데 누구를 만나든, 어디를 가든, 무엇을 먹든 어찌 좋지 않을까 싶다.

그래서 H씨는 누구를 만나도 고마웠고 무엇을 먹어도 감사했다. 와인 한 잔에 눈물이 났고 배가 고파도 불평하시 않았다. 우연히 들어간 성당에서 미사를 드릴 수 있어 행복했고 길을 잃고 헤맬 때 굳이 가던 길을 돌아와 알아듣지 못하는 언어로 올바른 길로 안내해준 그 사람을 천사라고 믿었다. 무심코 떠오른 성경 구절에 전율을 느꼈고 우연히 보게 된 무지개에 가슴이 뜨거워졌다. 건강하게 걸을 수 있어 감사했고 어디서 잠을 자도 은총이었다.

그렇게 여행을 마친 H씨는 크게 깨달은 하나가 있다. '내가 이 길을 걸은 것이 아니라 바로 주님, 그분께서 나를 걷게 해주셨다'는 것을.

마음만이

마음에게
말한다

오래전 영성 공부를 하기 위해 국제 공동체인 미국 버클리에서 잠시 머문 적이 있다. 그때 만난 미국인 폴은 아직도 인상 깊게 남아 있다. 처음 미국에 갔을 때 많은 사람이 나에게 폴을 이렇게 소개했다.

"폴은 책임감이 무척 강해요."

"성실하기 이를 데 없고요."

"머리도 비상하고 검소해요."

그런데 며칠 동안 느낀 것은 그를 칭찬했던 사람들이 그를 가까이하려 하지 않는다는 사실이었다. 식사 때 그의 옆자리는 가장 늦게 온 사람 차지였다. 단체로 외출할 때는 여러 대의 차에 나누어 탔는데, 폴이 운전하는 차에는 마지막에 온 사람들이 어쩔 수 없이 타는 모양새였다. 늘 열심히 최선을 다해 사는 폴에게 사람들이 좀처럼 가까이 가지 않는 이유는 무엇일까? 그 이유를 아는 데는 그리 오랜 시간이 걸리지 않았다.

어느 날 사람들과 이런저런 이야기를 나누고 있었다. 영어가 모국어가 아닌 사람들이 대부분인 탓에 표현이 서툴렀다. 하지만 신기하게도 서로의 마음은 잘 통했다. 즐겁게 이야기를 나누는데 갑자기 폴이 끼어들었다. 그는 우리를 한 명씩 바라보며 "당신은 발음이 틀렸어요" "그 맥락에서 그 단어는 적절하지 않아요" "당신의 말은 무슨 말인지 잘 이해가 안 돼요"라며 지적했다. 순간 사람들의 표정이 굳어지면서 분위기가 싸해졌다. 그 이후 나 역시 폴이 있는 자리에는 가까이 가기가 꺼려졌다. 어쩌다 같이 앉게 되면 긴장했고 말을 할 때면 정확한 문장을 떠올리느라 그와 마음으로 소통하기 힘들었

다. 그는 단어와 문장을 정확히 말해야만 알아들었고 완전한 문장
이 될 때까지 다시 묻곤 했다. 분명 그가 밉거나 싫은 것은 아니었
다. 다만 서로 눈을 맞추고 소통하기가 불편한 것은 사실이었다.

그런 폴을 보면서 생각했다. '과연 폴은 사람들이 자신에게 느끼
는 불편한 감정을 알고 있을까?' 하지만 폴은 다른 사람의 반응과
느낌은 그다지 신경쓰는 것 같지 않았다. 어찌 보면 다른 사람의 반
응에 연연하지 않는 모습이 대단하게 느껴지기도 했다.

그런데 타인의 시선을 신경쓰지 않고 늘 한결같이 해맑게 다가오
는 폴은 정말 자유로운 사람인 것일까? 폴은 자기만의 세상에 갇혀
있는 것 같았다. 다른 사람의 감정과 반응으로부터 자유롭다기보다
아예 차단하고 지내는 것처럼 보였다.

진정 자유로운 사람은 타인의 시선과 감정을 느끼지만 일희일비
하지 않을 뿐이다. 또한 자유는 내가 좋아하는 것만 하는 것이 아
니라 타인이 싫어하는 것을 거둘 줄 아는 것이다. 무엇보다 자유로
운 사람은 자신의 마음을 드러내는 것을 두려워하지 않는다. 자신
의 마음이 어디에 있는지를 알고 마음으로 소통한다. 서로 간의 소
통은 '말'보다는 '마음'으로 전달되기 때문이다.

폴은 자신의 감정을 외면하는 듯이 보였다. 누군가 그에게 "나는
지금 말을 하는데 당신은 강의해요?"라며 독설을 퍼붓는데도 폴의
표정만으로는 그가 어떤 마음인지 알 수 없었다. 불편하다고 하소
연하는 상대방의 마음과 그 말을 듣는 폴의 마음이 물과 기름처럼
분리되어 보였다. 폴은 함께 지내는 사람들과 '마음'의 교류를 이루
지 못했다. 사람들은 입으로는 폴의 성실한 행동을 칭찬했지만 마

음으로는 그의 존재를 멀리했다.

 살레시오 성인은 "사람들과 마음의 교류를 이루어내는 것이 최고의 덕"이라고 했다. 청소년의 아버지이며 사제인 돈 보스코는 "아이들에게 마음을 얻기 전에는 그 어떤 일도 시작하지 않겠다"라고 했다. 마음만이 마음에게 말할 수 있으니까.

'말'은

하는
내가 아닌
듣는
너의 것

"A가 뭐라는 줄 아세요? 자기가 바른말을 하기 때문에 사람들이 불편해한다는 거예요. 듣는 사람을 배려하지 않는 공격적이고 부정적인 그 말이 어찌 바른말인거죠?"

P는 어처구니없다는 표정으로 속사포처럼 말을 쏟아냈다.

불현듯이 엊그제 행사를 치르면서 '말이 참 불편하구나'라는 생각을 하게 했던 상황이 떠올랐다. R는 행렬을 하기 위해 맨 앞에 서 있었다. 그런데 누군가 "지금 움직여요!" 하며 앞으로 가라고 손짓했다. 그때 R는 짜증을 내면서 "지금 나에게 오라 가라 할 사람은 당신이 아니라 저기 책임자죠"라고 날카롭게 쏘아붙였다. 순간 분위기가 싸해지면서 잠깐의 침묵이 쇳덩이처럼 수많은 참여자를 무겁게 내리누르는 느낌이었다.

물론 어떤 중요한 행사에 책임자가 아닌 주변 사람들이 이런저런 잔소리를 하면 혼란스럽다. 하지만 그 순간에 그 말을 꼭 했어야 했을까. 평소 R는 성실하게 일을 잘하다가도 말 때문에 손해를 보는 편이다. 하지만 그렇다고 그런 자기를 바꿀 생각은 별로 없는 것 같았다. 그는 종종 "사람들이 나의 이런 점을 싫어하는 거 알아요. 하지만 이게 나인 걸 어떡해요?" 마치 '너희가 참아야지, 나는 원래 그런데 어쩌라고?' 하는 듯한 당당한 모습이 얄밉게 느껴지기까지 했다.

신영복 선생은 『담론』에서 중국 전국시대의 사상가 귀곡자의 말을 빌려 "설說이 열悅해야 한다"고 했다. 이는 '말은 듣는 상대가 기뻐해야 한다'는 뜻이다. 말은 전달하기 위한 것인데, 듣는 사람이 불쾌하면 의미도 전달이 안 될 뿐 아니라 인간관계도 어긋난다는 것이다. 나의 의도를 잘 전하고 싶으면 듣는 사람의 기분을 좋게 해야 한다는 것은 당연한 일이다.

나도 할말을 꽤나 하며 살아왔다. 그래서인지 나 역시 듣는 사람을 배려하면서 말하기란 여간 힘든 일이 아니다. 일을 하다보면 사람에 대한 배려보다 '일' 그 자체에 빠져 내가 하고 싶은 말이 먼저 나간다. 그러고는 '나는 원칙 중심이니, 사고적이니' 하면서 내 자신을 정당화하려고 한다. '내 말투가 원래 이러니 참아주라'는 말과 별반 다르지 않다. 그저 상대방을 조금만 배려하고 공감하면 될 일인데.

한 방송에서 뇌과학자가 이런 말을 했다. "인간의 뇌는 분석적 사고와 공감하는 사고를 동시에 못 한다." 이유는 분석적으로 생각하다보면 공감 능력이 떨어지고 공감을 하다보면 논리적인 생각을 못 한다는 것이다. 아하! 그래서 사고적인 사람이 '말'로 타인에게 상처를 주나보다. 그렇다면 분석과 공감의 뇌가 동시에 일을 못 하니 순차적으로 오가는 유연함이 필요할 것 같다. 말할 때마다 내가 하는 말을 스스로 들을 수 있어야겠다. 그러려면 훈련이 필요하다. 잠들기 전만이라도 내가 하루 쏟아낸 말들을 떠올려본다. 그러면서 잠시 분석의 뇌 전원을 끄고 선다. 호흡을 깊게 하면서 공감의 뇌가 일하도록 나의 마음을 살짝 열어본다. 그러면 듣는 사람의 마음이 보이지 않을까.

그래, '말'은 하는 내가 아닌 듣는 너의 것인지도 몰라.

세상에서
가장
비겁한 말

세 가지

오래전 알았던 D를 우연히 만났다. 인사를 나누고 돌아섰는데, 돌연 그에 대한 불편한 기억이 떠올랐다. 순간 기분이 나빠지면서 '아직도 그때 그 상처가 아물지 않았구나' 하는 생각이 들었다. 구체적인 상황은 기억나지 않지만 그가 뱉었던 말이 귓가에 맴돌았다. "다른 사람들이……." 평소 겁이 많던 D는 자신의 불만을 '다른 사람'이 말한 것인 양 나에게 전했다. 당시 젊었던 나는 지나친 책임감을 느껴 그의 입장을 충분히 배려해주지 못했다. 하지만 그러면서도 익명 뒤에 숨어 나를 '험담'하고 공격의 수위를 높였던 그의 행동에 몹시 분개했던 기억이 있다.

"험담은 세 사람을 죽인다"는 말이 있다. 말하는 자와 듣는 자, 그리고 험담의 대상이다. 그런데 그 '험담'을 험담 대상에게 직접 전달하는 일은 그를 두 번 죽이는 행위다.

세상에서 가장 비겁한 말 세 가지가 있다. 먼저 D처럼 "다른 사람이…… 당신을 좋지 않게 여긴다"는 식으로 공격하는 말이다. 두 번째는 험담을 전할 때 따라오는 말이 있다. "사실 이런 말은 안 하려고 했지만"이다. 이 말은 비겁하다못해 비굴하다. '나는 이런 말이나 전달하는 사람이 아니야'라며 자신을 방어하는 말이다. 동시에 '하지만 오죽하면 내가 이러겠어'라며 상대방을 탓하는 말이기도 하다. 아주 질이 나쁜 세번째 말은 상대방의 인격을 무참히 짓밟고 나서 "물론 나는 당신을 그렇게까지 생각하는 것은 아니지만……"이라고 하는 말이다. 이는 '내가 한 말이 아니라 다른 사람이 그렇게 말한다는 거야'라고 하면서 자신만 쏙 빠져나가려는 것이다. 이는 익명의 사람들을 '방패막이'로 내몰고 자기만 도망가는 꼴이다.

예수님은 '살인해서는 안 된다'는 계명과 '말'로 이웃을 해치는 것을 함께 두고 말한다. '자기 형제에게 성을 내는 자'는 재판에 넘겨지고 형제에게 '바보!' '멍청이!'라고 하는 자는 불붙는 지옥에 넘겨질 것(마태 5, 21~22 참조)이라며 단호하게 경고한다. 살레시오 성인은 누군가를 조롱하고 비방하는 말은 사람을 죽이는 '대죄'라 하고 프란치스코 교황은 '뒷담화'만 하지 않아도 성인이 될 수 있다고 한다. 사람을 죽이는 것과 인격을 죽이는 것 모두 큰 죄라는 의미다.

서로 얼굴을 마주하고 싸우는 일도 곤욕스럽지만 무방비 상태에서 알 수 없는 정체불명의 사람에게 공격을 받는 것은 더 큰 상처가 된다. 온라인에서 익명으로 악성 댓글을 달거나 듣지 않는 곳에서 험담하고 그것을 공격의 도구로 삼는 일은 비겁한 행위다.

험담은 천하고 비루하다는 한자 '비卑'와 두렵고 겁 많은 '겁怯'과 같다. 두려움이 많은 겁쟁이의 천하고 비루한 말이라는 뜻이다. 험담하거나 그 말을 전하는 사람들은 두려움과 겁이 많아서일까.

가끔은 '왜 본인만 모르지?' 하는 왜곡된 정의감에 '당신의 문제를 다른 사람은 다 안다'고 말하고 싶을 때가 있다. 그러나 이는 상대의 인격을 죽이는 말이다. 나의 이름과 나의 말, 나의 생각을 전해야겠다. 그러려면 용기가 필요하다. "나는 당신이 이런 문제가 있다는 것을 느껴"라고.

나 역시 D에 대한 불편한 감정을 '험담'하지 않으려면 그와 직접 얼굴을 맞대고 내 생각과 마음을 전해야 한다. 진짜 용기가 필요하다.

공격적 말투,

마음속
안전기지가
무너지다

"그게 뭐죠?"

"왜 따지는 겁니까?"

"아니, 몰라서 묻는 건데요."

"모르면 공손하게 물어봐야죠."

"아, 불손하게 느꼈다면 죄송해요."

"죄송하면 답니까?"

숨이 막힐 지경이었다. 그의 말은 거침이 없었고 심장을 비집고 들어와 가시처럼 콕콕 박혔다. K가 서류를 보완하기 위해 담당공무원과 통화하다가 도저히 대화가 안 된다며 도움을 청해왔다. 나는 '친절하게 살살 달래면 되지' 하는 마음에 자신 있게 전화를 넘겨받았다가 된통 얻어맞은 격이었다.

나와 일면식도 없는 사람, 그냥 전화 너머 들려오는 '말'일 뿐인데 이렇게 독할 수 있을까 싶었다. 너무나 괘씸하여 '어떻게 되갚아주지' 하는 못된 마음이 스멀스멀 올라올 정도였다. 그렇다고 그의 말에 상스러운 욕이 섞여 있었던 것은 아니었다. 나를 직접 비난하지도 않았다. 다만 거센 폭풍처럼 내 마음을 거세게 훑고 지나간 기분이었다.

때로는 '말이 미쳤구나' 하는 생각이 들 때가 있다. 나 역시 신념과 확신으로 상대방을 공격적으로 몰아세울 때가 있으니까. 물론 안다. 내 생각만이 최고의 진리인 양 자신 있게 주장하지만 결국 내가 얼마나 열등한 존재인지를 보여줄 뿐이라는 것을. 품위 있는 말로 소통하는 것 같지만 과시하고 싶은 욕망이 말속에 묻혀 고스란히 전달된다는 것도. 게다가 신경질과 짜증까지 묻어난 말투는 내

가 얼마나 불안에 떨고 있는지를 여실히 보여주고 있다는 것도. 용
광로처럼 끓어오르는 분노의 감정이 담긴 톡톡 쏘는 공격적인 말투
는 상대방의 심장에 꽂혀 상처를 준다. 공격적인 말투, 그 자체로 거
부감을 주기에 충분하다. 아무리 옳은 말일지라도.

한 온라인 커뮤니티에서 주고받은 대화다.

"남편의 말투, 뭐든지 공격형이에요. 그 말투가 너무 싫어 대화도
하기 싫고 온갖 정이 다 떨어져요."

"제 남편도 그래요. 시아버지처럼 꼬치꼬치 따지고. 정말 똑같
아요."

"저희 시어머님 말투도 남편과 똑같더라고요. 시어머니와 남편이
싸우면서 1818 주고받을 정도니까요."

"천박하게 상대방을 공격하는 사람들에게 이마에 낙인이라도 찍
어주고 싶어요."

말투도 대물림일까? 영국의 정신의학자 존 볼비는 "엄마와 소통
할 수 없으면 자신과도 소통할 수 없다"고 한다. 부모가 아이의 편안
한 안전기지가 되어주지 못한 결과일 것이다. 어릴 적 편안한 기분
을 누리지 못하면 성인이 되어서도 감정 조절이 어렵다. 내면의 불
안감은 뇌가 안전과 위험을 구분하지 못하게 하니까. 생존에 위험을
느끼게 되고 나를 보호해야 한다는 경보가 울려 즉각적으로 도망
가거나 공격한다. 흔한 공격의 무기는 '말'이다. 위험을 느끼면 자동
으로 자기중심적으로 해석하면서 분노하고 폭발한다.

공격적인 말투로 힘들게 했던 공무원에 대해 K가 말했다.

"그 사람, 요즘 아파서 병원에 다니면서 약병을 끼고 산다고 하더

라고요. 나쁜 사람은 아닌 것 같은데……."

그렇다. 세상에 나쁜 사람이 어디 있을까. 단지 마음의 안전기지
가 허술하여 불안할 뿐이다. 불안감이 분노와 짜증을 불러일으키고
신체의 생화학적 불균형으로 건강문제가 생길 수도 있지 않을까 싶
다. 누구를 탓하랴. 내 '말'이 공격적이라고 느껴질 때 우선 내 마음
속 안전기지부터 살펴야겠지.

은퇴 후의
삶,

'나'
찾아 나서기

"베이비붐 세대, 700만 은퇴 쓰나미 온다."

언젠가 방송에 나온 뉴스 머리기사다. 베이비붐 세대 퇴직자가 쏟아져나온다고 한다. 그동안 되풀이되어 듣고 싶지 않았던 문제였지만 요즘에 유난히 더 서글프게 다가오는 까닭은 나 역시 은퇴 나이에 성큼 다가선 탓일까. 인정받았던 지위와 역할을 하루아침에 내려놓아야 하는 이 냉혹한 현실에서 마주하는 상실감과 공허함을 떨치기란 그리 쉽지 않을 것 같다.

어느 날 평소 가까이 지내던 S에게 전화가 왔다. 그는 30여 년간 한 직장에서 누구보다 열정적으로 헌신했던 사람이다. 늘 자신감이 넘쳤고 어떤 임무가 주어져도 놀라운 성과를 내었다. 그래서 많은 직장 후배가 그를 '본보기'로 삼을 정도였다. 그런 그도 하루아침에 은퇴해야 했다. 전화로 들려온 S의 목소리는 예상한 대로 힘이 없었다. 새로운 일을 해보라고 하는 나의 순진한 말에 그는 웃으며 답했다.

"평생 한 직장에서 일만 죽어라 하면서 살았어요. 이제 와서 내가 좋아하는 일, 내가 하고 싶은 일을 찾으려니 도통 알 수가 없네요. 내가 살아온 인생은 한 조직에 속해 열심히 일하고 그 대가로 돈을 받고 그것이 행복이라고 착각하고 산 것밖에 없던 거 같아요."

그가 은퇴 후 얼마나 상실감에 시달리며 지내왔는지를 짐작하게 해주는 말이었다. 사실 S는 한동안 자신을 추스르려고 부단히도 애쓰면서 시간을 보내왔다. 다행히 공허하고 힘겨운 시간 속에서도 깊은 통찰을 이루어낸 듯한 느낌을 받았다.

"그동안 친했다고 생각하고 만나던 사람들은 거래의 대상이었어

요. '일' 때문에 만났으니까요. 그러면서 내가 살아온 지난날을 돌아
봤지요. 어린 시절에 대한 기억이 없는 이유를 이제 알겠더라고요.
가난 때문에 엄마가 고생한 것이 너무 싫어서 기억을 아예 지워버
린 거지요. 가난해서 자존감이 바닥이었는데, 그 자존감을 주워 담
기 위해 온갖 허세를 부리고 '일'로 인정받으려 했다는 것을 육십이
넘어서야 알게 되었네요."

울먹이며 진심을 토해내는 S의 말 한 마디 한 마디가 아직도 나
에게는 깊은 감동과 먹먹한 울림으로 남아 있다. 그러면서 수도자
인 나 역시 분명 일을 놓아야 할 때가 온다는 생각이 들었다. 마음
이 다급해졌다. 지금부터라도 '일'과 거리를 두는 연습을 하면서 새
로운 인생 설계를 하지 않으면 불행할 것 같은 불안감이 스쳤기 때
문이다.

현재 나는 기관을 책임지고 있고 강연을 하고 글을 쓰고 있다.
이 모든 것과 이별하고도 과연 나는 행복할 수 있을까? 아무것도
내줄 수 없는 상황에서도 내가 만나는 이 수많은 사람이 거래의 대
상이 아닌 친교의 대상일 수 있을까? 있는 그대로의 평범한 존재만
으로도 충분히 행복할 수 있을까? 아무것도 할 수 없어도, 사회적
통로가 단절되어도 그저 하느님만으로도 충분할 수 있을까? 아빌라
의 테레사처럼 "하느님을 소유한 사람은 모든 것을 소유한 것이니
하느님만으로 만족한다"고 자신 있게 고백할 수 있을까?

무엇보다 성과에 쫓겨 '해야만 한다'는 의무감으로 하느님만으로
충분할 수 있는 나라는 존재를 외면하고 살아왔을 나를 돌아본다.
열심히 일하면서 대가나 보상으로 맞바꿈하는 데 너무 익숙해 있

을 나를 반성도 해본다.

'생계'가 아닌 '삶'을, '역할'이 아닌 '존재'로 돌아서는 데 마음을 써야겠다. 힘이 있어서, 일이 있어서 존중받았던 과거의 나와 과감하게 이별하자. 그래 매일 나에게 해줄 말이 있다. 불편해도, 평범해도 그저 '나'여서 충분히 행복하다고.

전화를 끊으면서 S가 했던 말이다.

"내려놓음, 그것이 전부죠."

익숙한 감정과

이별하기

"필사도 하고 성서 통독도 하면서 텔레비전 보기를 멀리하려고 온갖 애를 썼어요. 그러면 뭐 해요. 외출하고 집에 들어서면 텔레비전부터 먼저 켜요. 재미도 없는데 어깨가 아플 정도로 소파 위에서 뒹굴뒹굴하면서 리모컨을 돌린다니까요."

딸은 외국 유학중이고 사업하는 남편과 함께 살고 있는 U는 요즘 따라 유난히 텔레비전에 빠져 사는 자신이 한심스럽다고 했다. 사순절 때는 큰마음 먹고 텔레비전을 멀리했는데, 그 시기가 끝나면 바로 원위치란다. 딸이 오면 모범을 보이려고 이런저런 계획을 세워 실행하려 하지만 일주일도 못 가 또 텔레비전 앞에서 넋 놓고 있는 자신을 발견한다는 것이다.

강의중에 시작된 U의 이 이야기는 다른 많은 사람도 무척이나 공감하는 듯했다. 그들은 "어떻게 하면 좋을까요?"라고 하면서 마치 의사에게 처방을 내려달라는 눈빛으로 나를 바라보았다. 그러나 그들은 이미 잘 알고 있었다. 문제는 자신들의 '마음'에 있다는 것을.

우리는 누구나 크고 작은 상처를 받고 살아간다. 그런데 감기가 걸리고 배가 아프면 병원에 가면 되지만 '마음'이 아플 때는 어디로 가야 할까. 성당에서 기도하고 친구하고 밥도 먹고 성경책을 읽고 음악을 들으면서 위로를 받는다. 그러다가 누군가 좋지 않은 눈빛만 주어도 갑자기 머리에 번개처럼 전류가 흘러들어오면서 마음이 요동친다. 아직 마음이 아파서다.

마음이 아플 때 나는 어떻게 할까? 대부분 아무렇지도 않은 척 계속 사람을 만나고 일을 한다. 마음이 조금 불편할 뿐 아픈지도 잘 모르겠다. 그런데 홀로 시간을 보낼 때나 누군가 나를 힘들게 할 때 마음이 갈라진다. 그러면서 그 '틈' 사이로 그동안 숨겨놓은 감정들이 꿈틀대며 올라온다. 그럴 때 마음에서 '나, 아파!'라는 신호를 보내주면 좋겠는데, '나 심심해! 지루해! 나 좀 재미있게 해줘! 먹을 것 좀 줘!' 하며 어린아이처럼 칭얼댄다. 그때 나도 모르게 인터넷 뉴스를 보면서 불편한 감정을 달랜다. 그렇게 시간을 보내고 나면 내 삶의 질이 떨어지는 느낌이 들어 후회막급이다.

몸이 아프면 손가락 하나조차 움직이기 힘들 때가 있듯이 마음도 아프면 일이 잘 안 되고 책을 읽거나 기도하는 일도 어렵다. 마음의 에너지가 고갈되었기 때문이다. 그래서 애쓰지 않아도 감각적인 만족감을 채워주는 텔레비전이나 컴퓨터 앞으로 간다. 이렇게 점점 맛을 들여 익숙해진 감정은 어느새 내 마음의 주인이 되어 계속 같은 감정을 요구한다. 머리로는 '내가 미쳤어, 도대체 지금이 몇 시인데……' 하지만 벗어나려는 나의 '의지'는 제대로 힘을 쓰지 못한다. 우리의 뇌는 그 익숙한 감정을 계속 유지해야 생존할 수 있다고 믿기 때문이다.

U가 그토록 노력을 해도 다시 제자리로 갈 수밖에 없는 이유다. 하지만 분명한 것은 그는 충분히 잘하고 있다. 그러니 아직 포기하지 않았으면 좋겠다. 그는 자신이 텔레비전에 빠졌다는 사실을 인식했고 그것이 마음의 문제라는 것도 알았다. 게다가 필사나 성경 통독을 시도했고 사순절에 텔레비전을 보지 않으려고 노력했다. 이 정도면 자신에게 충분히 칭찬해주어도 좋다. 단지 기다려주어야한다. 생각해보라. 그동안 텔레비전에 빠져 넋을 잃고 바라보며 즐겼던 시간들을. 그렇게 숱한 세월과 함께 젖어든 익숙한 재미 감정을 한순

간에 털어버릴 수는 없다. 마음의 주인으로 행세하고 있는 재미 감정에게 별안간 등 떠밀고 나가라고 한다고 쉽게 나갈 리 만무하다. 그러니 강압적으로 텔레비전에서 내 마음을 떼어놓으려 하지는 말자. 이별에는 충분한 애도의 시간이 필요한 법이다. 텔레비전 보기를 당장 멈추지 않더라도 단 5분이라도 시간을 내어 성경 통독과 기도도 함께 해주면 좋겠다. 한꺼번에 무언가를 확 끊기보다 의미 있는 그 무언가를 새롭게 시작하는 것은 어떨까? 지속적으로 조금씩 인내하며 천천히. 내가 간절히 원하는 더 높은 단계의 즐거운 감정이 내 마음을 차지하여 익숙해질 때까지.

3장

상처여도
사랑이어라

휴대전화 고치면

그리운 목소리가
들릴까

"요것이 팔 남매 부모님 묘지요, 무연고 묘지요?"

"우짜면 좋노!"

"어떻게 이럴 수가……."

가족 채팅방에서 난리가 났다. 풀이 수북이 자라 있는 부모님 묘지 사진이 올라왔기 때문이다. 그리고 나서 몇 시간이 흘렀을까? 깨끗이 정비된 묘지 사진이 다시 올라왔다. 작은오빠가 혼자서 벌초를 한 것이다. 그러자 가족들은 미안하고 고마운 마음에 이런저런 글을 올렸다.

"괜히 죄스럽잖아~"

"오늘 무척 덥던데, 더위에 수고하셨네."

"고생했겠네요. 죄송해요. ㅜㅜㅜ"

그런데 정작 사진을 올린 작은오빠는 아무 말이 없었다. 미안한 마음에 '괜찮다'는 말을 듣고 싶었는데, 작은오빠가 아무런 반응도 보이지 않자 가족들은 불안해진 듯싶었다. 성질 급한 언니가 장문의 글을 올렸다.

"근데 울 김회장님(오빠는 안산예총 회장이다)은 대화를 주고받지 않구 걍 일방통행이여~ '혼자 풀을 깎다봉께 힘들었다' '자식이 나 혼자냐' '서운했다' 아님 '나라도 한 수 있어 다행이다' '하고 봉께 뿌듯하다' 뭐 그런 거. 서로 감정을 주고받아야지 관계라는 게 뭐여, 마음이잖아. 왜 말을 못해 왜, 왜왜왜 에궁~~"

그러자 너도나도 왈가왈부하며 한마디씩 거들었다.

"그러게요~"

"아빠는 원래 반응이 없어요~"

"말 좀 해요."

그러다가 드디어 사진을 올렸던 작은오빠가 등장했다.

"오랜만에 글 올립니다. 기분에 따라 오늘 하루를 보내다보니 오해가 있었던 것 같습니다. 오늘 내가 쓴 글로 마음을 전합니다" 하면서 글을 이어갔다. "이병률 시인의 여행 산문집을 새벽녘에 읽다가 눈물이 났습니다. '당신은 우리와 이별한 것이 아니라 그저 전화가 고장난 것이다. 잠시 연락이 어려운 것이다'라는 이야기에 한동안 잊고 있던 어머니 생각이 났습니다. 많은 유품 중에 어머니가 쓰시던 휴대전화기에 유독 마음이 쏠려 내가 가져왔습니다. 언제고 잘 고쳐 쓰면 그리운 어머니의 목소리가 들릴 거 같았기 때문입니다. '어머니를 뵈러 가야겠다. 잡초가 많이 자라서 어쩌면 알아보지 못할지도 모르지.' 아니나 다를까. 풀이 무성하게 자라 있는 산소를 보고 무심한 나를 자책했습니다. '못된 놈, 불효자식.' 무더위에 자학하며 정신없이 풀을 뽑았습니다. 커다란 땀방울이 풀과 흙 속으로 뚝뚝 떨어졌습니다. 눈 속으로 따갑게 파고들었습니다. 쓰렸습니다. 그냥 기억이 아프고 저려왔습니다."

순간 울컥하고 눈물이 쏟아질 것 같았다. 가족들도 놀랐는지 자성의 목소리가 이어졌다.

"그랬구나. 마음이 먹먹합니다요."

"카톡이란 것이 목소리도, 표정도 없으니 쉽게 판단했네요."

"그래요. 섣불리 판단해서는 안 된다는 걸 알면서도…… 미안합니다."

아빠를 깎아내렸던 아들도 한마디 했다.

"아빠 효심을 반만이라도 따라가야겠어요."

이렇게 우리 가족은 '고치면 들릴 것 같은' 엄마의 목소리를 찾아 방황하는 작은오빠와 아슬아슬한 줄다리기를 하며 숨가쁜 소통을 이어갔다. 그러다 마지막으로 막내가 나타났다.

"엄마의 휴대전화 명의가 나예요. 그런데 아직도 해지를 못 하고 있어요."

엄마가 돌아가신 지 10년이 넘었는데. 결국 애써 참았던 눈물이 쏟아졌다.

며칠 후면 엄마 기일이다. 늘 그러했듯이 이맘때면 장대비가 오거나 아니면 묘지 앞에 서 있기조차 힘들 만큼 강렬한 햇볕이 내리쬐기도 한다. 그래도 우리 가족은 함께할 것이다. 휴대전화를 잘 고쳐 쓰면 들릴 그리운 엄마의 목소리가 가족의 누군가를 통해 들릴지도 모르니까.

죽음과 삶 그리고 마음과 채팅을 주고받으며, 보이지 않는 것과 보이는 것을 넘나들며 우리는 계속 소통할 것이다. 가족이니까.

내가
사랑하는 것,

어쩌면
사랑이 아니었을까

"Y씨는 잘 지내나요?"

"에구, 모르고 계셨구먼."

"왜요? 뭔 일이 있었어요?"

"몇 년 전에 다른 여자와 눈이 맞아서 아내와 자식을 두고 떠났어요."

"네?"

"나쁜 놈이에요. 아이들을 앉혀놓고 한다는 말이 뭐, 사랑을 찾아 떠나?"

Y는 아내에게 '결혼하고 한 번도 행복한 적이 없었다'는 무자비한 말을 남기고 떠났다. 충격이었다. 그는 오래전 그가 그토록 좋아했던 일과 고향을 모두 등지고 그 여자를 찾아 떠나갔다. 그가 진짜 사랑을 찾아갔다고? 그가 믿는 '사랑'은 무엇일까? 어쩌면 그가 사랑한다고 믿는 그 '사랑'은 진짜 사랑이 아닐지도 모른다는 생각이 들었다.

부산에 있을 때 동네에서 만났던 한 아이가 떠올랐다. 만날 때마다 아이가 끌어안고 있던 그 인형. 누렇다못해 꾀죄죄하기까지 했다. 게다가 코도 떨어져나갔고 옷도 엉덩이가 다 보일 정도로 해져 있었다. 아이는 밥 먹을 때도, 잠잘 때도, 외출할 때도 꼭 그 인형을 챙겼다. 그런데 아이가 사랑하고 집착한 대상은 과연 그 인형이었을까? 그때 나는 '아이와 엄마의 애착관계가 잘못되지는 않았나?' 하는 의문을 가진 기억이 있다. 아이는 모른다. 자기가 왜 그 낡은 인형을 끌어안고 살아야 하는지를.

미국의 철학자 제임스 스미스는 이렇게 말했다. "당신이 사랑한다고 생각하는 그것, 어쩌면 진짜로 사랑하는 것이 아닐 수도 있습니다." 또한 그는 "당신이 갈망하는 것, 그것이 바로 당신"이라고도 말했다. 내가 누구인지 알고 싶으면 내가 간절히 바라고 갈망하는 것이 무엇인지 살펴보라는 말이다. 왜냐하면 그 갈망에 끌려 살아가기 때문이다.

그런데 그 갈망은 무의식 속으로 끌고 가기에 알아채기도, 감당하기도 어렵다. 이런 사랑은 '하는 것이 아니라 그냥 잡히는 것', 진짜 나의 사랑은 내가 알고 믿는 것이 아니라 매일 갈망하면서 무의식 속에서 이루어지는 은밀한 것일지도 모른다.

나는 매일 아침 묵상하고 기도하고 미사에 참여한다. 수없이 하느님을 사랑한다고 고백한다. 그렇게 기도로 이어지는 하루이지만 아침에 고백한 기도와 다르게 생각하고 행동할 때가 많다. 나는 하느님을 사랑하지 않는 것일까? 수도자인 내가? 그럼 난 뭐지? 내가 사랑하고 믿는 것보다 더 큰 힘, 바로 갈망이다. 갈망은 생각과 행동을 좌지우지한다. 아니 아예 정복해버린다. 아무 생각 없이 커피를 마시고 빵을 먹고 스마트폰을 만진다. 그리고 원하지 않는 말을 하고 화를 낸다. 내 마음속 불안과 결핍은 갈망이 되고, 습관이 되어 일상이 되고 내가 된다.

Y가 진짜 사랑하는 대상은 지금 새롭게 만난 그 여자일까? 아니면 아직도 자기 욕망을 채워줄 '엄마'를 찾아 헤매는 것일까. 혹시 찾고 있는 '엄마'가 곧 자신과 가족을 품어야 할 '자기'라는 사실을 까마득히 잊고 사는지도 모를 일이다.

사랑이
먼저였을까,

미움이
먼저였을까

"3호실 환자 말인데요, 어떻게 생각하면 좀 불쌍하기도 해요. 더러 문병 오는 사람이 있긴 하지만 한결같이 구경 온 사람 같지 뭐예요? 미치광이처럼 막 지껄여대는데, 대꾸조차 하는 사람이 없어요."

"그것 다 인생을 잘못 살아서 그런 게야. 죽음을 맞이할 때야말로 어떤 형태로든 숨김없는 한 인간의 결산이 나온다고들 하지."

박경리의 소설 『토지』에서 간호사 숙희와 박의사가 이용의 처인 임이네를 두고 하는 대화다. 이웃에게 미움을 받고 남편의 사랑을 잃고 아들에게까지 외면당한 임이네. 그는 고독하고 치열한 전투를 치르며 탐욕의 화신으로 삶을 살아왔다. 마지막 죽음 앞에서조차 "수틀리면 행패 부리고 입에서는 돌팔매질하듯 말이 튀어나오고 그녀의 눈에 흐르는 눈물은 슬픔이 아닌 저주이고 협박"이니 말이다.

임이네라는 인물은 책장을 덮고도 한동안 내 마음속에서 떠나지 않았던 가련한 여인이었다. 그는 사랑의 허기짐을 '돈'에 대한 탐욕으로 채우고 철저히 자신만을 챙기며 살아왔다. 결국 마지막 순간에도 원한이 쌓이고 쌓여 터질 것 같은 분노의 독소에 미쳐버려 자신의 병을 고쳐주지 않으면 신마저 물어뜯겠다고 저주를 퍼붓는다. 임이네는 무엇 때문에 인간이기를 포기한 삶을 살아야 했을까? 가족과 이웃에게 외면당하고 미움을 받아서일까? 아니면 박의사 말대로 스스로 잘못된 인생을 살아서일까? 무엇이 먼저였을까?

우리는 쉽게 '자기 하기에 달렸다'는 말을 하곤 한다. 사람들로부터 미움을 받는 것도, 거부를 당하는 것도 다 이유가 있는 법이라고. 수녀 공동체 안에서도 쉽게 화를 내고 험한 말로 공동체 분위기를 엉망으로 만드는 수녀가 있다. 그럴 때면 내 마음속에서 그를 향해 일어나는 비난과 판단이 상대방이 아닌 나의 심장을 얼어붙게 한다. 불편하면 피하고 외면하면서 사랑은커녕 친절한 말 한마디 건네기도 어렵다. 그러고는 '너 때문이야'라며 타인에 대한 나의 편견을 정당화하려고 한다. 그를 품지 못하는 내 속 좁음과 나만의 안위를 챙기려는 '에고'는 저만치 감추어두고.

마르쿠스 아우렐리우스는 말했다. "너의 성격을 망치는 일이 너의 인생을 망칠 수도 있다." 하지만 우리가 태어날 때부터 망가진 성격을 지녔을까. 불우한 가정에서 사랑을 받지 못했지만 세상이 품어주기만 해도 몇 번이고 달라질 수도 있는 것이 성격 아닐까 싶다. 뇌의 신경세포는 서로 연결되어 쉬지 않고 끊임없이 활동한다. 뇌는 과거의 기억과도 연결되어 있지만 새로운 경험과도 연결되어 항상 새로운 패턴을 만들어낸다.

남편과 아들이 임이네의 손을 한 번이라도 따뜻하게 잡아주었다면, 그저 조건 없이 사랑의 눈길을 한 번이라도 보내주었다면 사랑할 줄 몰랐던 임이네에게 새로운 사랑의 감정 패턴이 생기지 않았을까 싶다.

누군가 나를 사랑하지 않는다면 내가 그를 사랑하지 않아서다. 누군가 나를 친절하게 대하지 않는디면 그 또한 내가 그에게 친절하지 않아서다. 사랑이 먼저일까, 미움이 먼저일까? 사랑을 받아본 사람만이 사랑할 수 있다면 누가 먼저 사랑을 해야 할까?

가족 사랑은

다
그런 것 같다

얼마 전 강연에서 만난 한 가족이 떠올랐다. 나는 그때 두 가지 질문을 던졌다. '고통스러울 때'와 '행복할 때.' 노부부와 함께 온 딸은 "저는 오랫동안 공황장애를 안고 살아왔어요. 남편은 저를 너무 힘들게 하고……"라고 하며 말을 잇지 못했다. 잠시 숨을 고르는 사이 노부부의 눈에도 어느새 눈물이 그렁그렁하게 맺혔다.

노부부는 "우리의 고통은 자녀가 고통스러워할 때"라고 말하면서 힐끗 딸을 쳐다보았다. 딸 N은 부모의 시선을 외면하려는 듯이 다른 곳을 응시하며 말을 이어갔다. "오랫동안 어두운 터널을 지나왔지요. 하지만 고통이 꼭 고통이어야 할 필요는 없다는 성령 체험을 했어요. 지금은 그저 감사하고 행복해요." N의 어머니는 "딸이 행복하다 하니 눈물이 날 정도로 행복하다"라고 흥분된 어조로 말하며 활짝 웃었다.

순간 N은 신경이 쓰이는지 "아, 괜히 부모님 모시고 왔나봐요" 하면서 어색한 표정을 지었다. 그러자 조용히 듣고 있던 P가 내뱉듯이 말했다. "가진 자의 행복을 누리세요." 그도 속마음을 털어놓기 시작했다. "제가 중학생일 때 어머니가 돌아가셨어요. 사실 저는 엄마를 좋아하지 않았어요. 그저 '버티자!' 그때는 그냥 버텨야만 한다고 생각했어요. 그런데 주변에서 '저 독한 년, 엄마가 죽어도 눈물을 안 흘려' 하는 소리가 너무 슬프고 무섭더라고요." 그는 아직도 엄마의 죽음과 가족의 차가운 시선이 악몽처럼 느껴진다고 했다.

나는 P의 예상치 못한 고백에 조금 놀랐다. 내가 아는 P는 밝고 유쾌한 여성이었기 때문이다. 세 자녀를 사랑으로 돌보며 살아가는 P에게 그런 엄청난 트라우마가 있다는 사실이 믿기지 않았다. 마음의 상처는 세월이 지나도 흔적은 남는 것 같다. 가족에게 받은 상처는 더 아프고 고통스럽다. P를 보면서 생각했다. 사랑받은 적이 없다 하여 사랑할 능력이 없다는 어설픈 선입견은 절대 금물. 또한 옛 가족에게 받은 상처가 크다 하여 현재 가족과의 관계도 힘들 것이라고 섣불리 판단을 해서는 안 된다는 것도.

'외상 후 스트레스 장애'를 연구해온 베셀 판데르 콜크는 "트라우마를 극복하려면 상처에 대한 자신의 느낌과 감정을 견디면서 자신이 알고 있는 사실을 인지하는 법을 배우라"고 권고한다. 부모에게 사랑을 받았지만 지금의 남편에게 상처를 받은 N, 어머니를 싫어했고 비난하는 가족에게 상처를 받았지만 지금의 가족과 열심히 살아가는 P. 그들은 모두 옛 가족과 지금의 가족 사이를 오가며 '상처' 받은 감정을 잘 추스르며 살아가고 있다. 가족은 가까우면서 멀게 느껴지고 친밀하지만 외롭다. 가족이라 더 기대하지만 그만큼 상처도 크고 아프다. 사랑은 다 그런 것 같다.

강의가 끝나고 딸은 부모에게 바짝 다가가더니 양팔로 힘있게 팔짱을 꼈다. "엄마, 아빠. 오늘 내가 밥 사요!" 한바탕 웃으며 멀어져가는 가족의 뒷모습이 이렇게 말해주는 것 같았다. '아무래도 상처보다 사랑이 더 커. 가족이라서.'

아버지의
뒷모습

점점 멀어져 가버린 쓸쓸했던 뒷모습에

내 가슴이 다시 아파온다.

—인순이, 〈아버지〉 중에서

갑작스레 어머니를 천국으로 떠나보낸 딸은 아버지와 함께 강의를 들으러 왔다. 상실의 슬픔이 너무 커서인지 유난히도 초췌해 보였던 부녀의 모습. '마음 돌봄'이란 강의 제목만을 보고 왔으리라. "어머니가 돌아가신 후, 가장 슬픈 것은······ 아버지의 뒷모습을 바라보는 거예요." 울컥 올라오는 감정 때문인지 딸의 목소리가 가늘게 떨렸다. 굽은 허리로 웅크리고 앉아 딸의 이야기를 듣던 아버지는 어깨를 조금씩 들썩이더니 기어이 안경 너머로 흐르는 눈물을 주체하지 못해 두 손으로 자신의 눈을 꾹 누르고 있었다. 마음 놓고 울지도 못하는 그 모습이 안타깝고 슬퍼서 여기저기서 훌쩍거리는 소리가 들려왔다. 나 역시 세상을 떠난 아버지가 떠올라 마음이 먹먹했다.

나의 아버지도 아내를 먼저 떠나보내야 했다. 그때 우리 가족은 엄마를 잃은 슬픔이 하도 커서 아버지의 상실감을 돌아볼 여유조차 없었다. 그런데 엄마의 장례 미사를 시작할 즈음 휠체어를 탄 아버지가 나타났다. '아, 그래. 아버지가 계셨구나.' 아버지는 성당 맨 앞에 앉았다. 잔뜩 굽은 허리 탓인지 작아도 너무 작은 아버지의 뒷모습이 왜 그렇게도 애처롭고 안쓰러워 보였는지. 지켜보는 우리 가족은 물론 장례식에 참례한 많은 사람조차 흐느낌을 감추지 못했던 순간이었다.

어딜 가든, 무엇을 하든 엄마를 어지간히도 찾았던 아버지. 잠깐만 보이지 않아도 "네 엄마 어디 갔느냐?"라며 어린아이처럼 엄마를 찾았는데. 어떡하지. 이제 혼자네. 그래서일까. 우리 가족은 모이기만 하면 입버릇처럼 "아버지가 먼저 가셨어야 했는데……" 하면서 탄식했다.

결국 아버지는 그렇게 가기 싫어했던 요양원에서 여생을 보내야 했다. 언니는 "아버지가 먼저 가셨어야 했는데……"라며 여전히 후렴구처럼 한탄하면서 주말마다 아버지를 집으로 모셔왔다. 하지만 월요일이면 출근해야 하는 탓에 주일 저녁에는 아버지를 다시 요양원으로 모셔가야 했다. 이 또한 이별 연습이었을까. 가기 싫어하는 아버지에게 선뜻 먼저 가자는 말을 하지 못하고 머뭇거릴 때 슬그머니 일어나 비닐봉지 하나 달랑 들고 "가야지" 하면서 엉거주춤 종종걸음으로 현관문을 나서던 아버지의 굽은 뒷모습, 그 모습이 하도 슬퍼서 가슴이 답답하고 아렸던 기억이 있다.

가만히 생각해보니 아주 오래전 그때도 그랬다. 내가 고등학생이었을 때 아침에 도시락을 가져가지 않은 날이었다. 수업시간에 뒷문이 스르륵 열리면서 도시락 하나가 앞으로 전달되더니 내 앞에서 멈추었다. 깜짝 놀라 창밖을 바라보니 뚜벅뚜벅 계단 아래로 걸어나가던 아버지의 뒷모습. 한창 젊으셨을 때였는데 그 뒷모습이 초라하고 쓸쓸해 보였다. 언니였다면, 아니 엄마였다 하더라도 그렇게 아릿하지는 않았을 텐데.

강의가 끝난 후 딸과 아버지는 조금 밝아진 모습으로 다가왔다.

"수녀님, 우리 아버지가 평생을 당신의 마음이나 감정을 들여다보거나 생각해본 적이 없으셨대요. 수녀님 강의를 들으면서 '그래. 저게 내 마음이야' 하시더라고요."

아, 이거였구나! 아버지의 뒷모습이 유독 아린 이유가. 슬픔도 아픔도 고통도 기쁨도 마음속에 잔뜩 감추어둔 채 짊어진 가장의 무게를 버티려고 그렇게 안전거리를 유지하려 했던 것이구나. 그 거리 때문에 더 외롭고 더 고독했으리라. 사랑했지만 시원하게 입 밖으로 제대로 내뱉지 못했던 아버지. 그래서 그 뒷모습이 그토록 쓸쓸하고 애처로웠나보다.

"긴 시간이 지나도 말하지 못했던, 그래 내가 사랑했었다."

그냥
좋은 건

어쩔 도리가
없나보다

좋은 걸 어떡해 그녀가 좋은 걸
누가 뭐라 해도 좋은 걸 어떡해
말로는 곤란해 설명할 수 없어
그냥 네가 좋아 이게 사랑일 거야

— 김세환, 〈좋은 걸 어떡해〉 중에서

한때 기타를 치며 즐겨 불렀던 노래다. 그런데 좋은 것은 정말 어쩔 도리가 없나보다.

Y가 시집을 가겠단다. 엄마는 안달이다. 딸이 이제 겨우 두 번 만난 남자와 사랑에 빠졌다면서 도움을 청해왔다. 젊어서 예쁘고, 예뻐서 예쁜 Y가 해맑은 모습으로 나를 찾아왔다. 자신의 사랑에 대해 할말이 참 많은 것 같았다. 남자친구를 안 지는 거의 1년이 되었지만 외국에 있어서 자주 못 만난 것뿐이고 거의 매일 전화로 소통한다고 한다. 그러면서 사람은 자주 만나야만 아는 것이 아니란다.

Y는 십대 때 공부는 뒷전이었지만 꾸준히 피아노 공부를 한 덕에 예술대학에 들어갔다. 그런데 대학에 가서 공부에 맛을 들였는지 석사과정까지 시작했다. 그래서 엄마는 나름 기대를 한 것 같았다. 예술 분야에서 야심차게 무언가를 해내겠다 싶었는데, 아직 꽃도 제대로 피우지 못한 나이에 결혼하겠다고 하니 주변에서도 어리둥절 야단이다.

그런데 Y를 만나고 나서 드는 생각. 이미 사랑에 빠진 자녀에게 필요한 것은 부모의 충분한 사랑뿐이라는 것. 비록 그 사랑이 어설프고 위험해 보여도 소중하고 아름답다는 것은 인정해주어야 한다는 것. 경험이 많은 어른들이 보기에 내일 당장 깨질 것처럼 보이는 사랑일지라도 사랑하는 순간만큼은 인정받고 축복받아야 할 권리가 있다는 것도. 더 중요한 것은 그 사랑을 통해 겪어야 할 고통은 결국 자신의 몫이기에 더 큰 사랑과 축복을 해주어야 한다는 것도 말이다.

사실 사랑에 빠지면 뇌의 비판적 사고 기능이 억제된다는 연구 결과가 있다. 그러니까 사랑의 뇌는 상대방에 대한 그 어떤 부정적 평가도 필요 없다고 판단한다. 남녀의 사랑이나 모성애도 마찬가지다. 나의 엄마만 보아도 그렇다. 어떻게 그 모진 세월을 버티면서 자식들을 위해 맹목적으로 희생하며 살았을까? 오래전 나는 엄마에게 이렇게 물어본 적이 있다.

"엄마는 어떻게 한둘도 아니고 여덟이나 되는 자식을 낳고 키울 수 있었을까요?"

그때 엄마의 대답은 아주 간단했다.

"예뻐서. 너희가 그냥 예뻐서."

그냥 툭 내뱉은 엄마의 그 한마디에 나는 뜨거운 전율을 느꼈고 무척이나 행복했던 순간으로 기억한다.

가만히 내가 살아온 길을 돌아보아도 그렇다. 나 역시 사랑에 빠져 수녀원에 왔다. Y의 낭만적 사랑이나 엄마의 모성애나 내가 하느님 사랑에 빠져 택한 수도생활 모두 그 어떤 합리적인 이유는 없다. 그저 사랑하기에 지속적으로 문제에 직면하면서 부딪치고 견디고 버티고 고통받으며 산다. 어쩌면 고통은 내가 존재하기 위한 필수조건인지도 모른다. 물론 누구나 고통스러운 재난은 피하고 싶다.

그래서 Y의 엄마는 딸에게 다가올지도 모르는 그 고난을 사전에 막고 싶었을 것이다.

하지만 앞으로 어떤 일이 일어날지는 아무도 모른다. 미리 겁먹고 걱정하면서 에너지를 소모하는 것이 오히려 더 위험하지 않을까. 아직 다가오지도 않은 내일에 대한 걱정으로 지금 누려야 할 기쁨의 순간을 놓쳐버리는 것은 너무나도 안타까운 일이다.

어머니도
자녀에게

사랑받고 있음을
느끼고 싶다!

엄마를 하늘나라로 보낸 지 10년이라는 시간이 흘렀다. 하지만 아직도 나는 엄마를 보내드리지 못한 것 같다. 지금도 엄마 생각만 하면 가슴이 아리고 꿈속에도 자주 나타나니 말이다. 누구나 그러 하겠지만 나 역시 이 세상에 태어나는 순간부터 엄마에게 그저 받기만 했다. 그것이 당연하다고 생각했다. 엄마는 다 그런 줄 알았다. 그런 엄마에게 '말기암'이라는 청천벽력과 같은 선고가 내려졌다. 전화 너머 전해지던 언니들의 흐느낌과 울음소리. "엄마가 폐암 말기래. 어떡해! 어떡하면 좋아." 그때의 고통과 절망이란 내 인생에서 처음 겪는 큰 충격이었고 슬픔이었다.

나는 엄마와의 마지막 순간을 잘 보내고 싶어 한 달이라는 특별 휴가를 받았다. '어떻게 엄마와 시간을 보낼까? 엄마에게 무엇을 해드릴까?' 아득하고 착잡한 마음을 추스르면서 엄마를 위해 어떤 특별한 것을 해드릴까 생각했다. 그런데 막상 엄마와 함께 보내면서 내가 할 수 있는 것은 별로 없었다. 지금 생각하면 내가 얼마나 어리석었는지 모른다. 그저 옆에서 엄마가 얼마나 사랑받는 존재인지를 느끼게만 해주었어도 되었는데 말이다. 머리로는 분명 알고 있었지만 엄청난 그 이상의 '무엇'을 해야 한다는 강박 때문이었을까?

어느 날 엄마와 나는 가톨릭평화방송에서 방영되는 내 강의를 함께 보게 되었다. 그런데 이를 어쩌나. 마침 그 강의에서 내가 엄마 이야기를 하는 장면이 나왔다. 나는 돈 보스코 성인의 말을 인용하여 "아이들을 사랑하는 것에 멈추지 않고 사랑받고 있다고 느끼게 하라"고 말하며 "어머니도 자녀로부터 사랑받고 있다는 걸 느끼고 싫어합니다"라고 말했다. 그러고는 나는 계획에도 없던 말을 방송중에 불쑥 내뱉었다. "저희 어머니가 지금 많이 편찮으십니다"라고 하며 떨리는 목소리로 울먹이기까지 했다. 그러면서 "요즘 어머니가 편찮으셔서 가족들이 더 자주 찾아오고 더 애틋하게 관심을 보였지요. 그랬더니 어머니가 행복한 표정을 지으시며 이렇게 말씀하셨어요. '너희가 나를 정말 사랑하는구나.' 그런데 어머니의 이 말이 너무 슬펐어요. 우리 가족은 정말로 어머니를 많이 사랑하거든요"라고 하면서 결국 참았던 눈물을 쏟았다.

그때 카메라가 나의 촉촉해진 눈가를 클로즈업했고 그 장면을 보던 나는 가슴이 조여와서 더는 방송을 볼 수 없었다. 그 순간 엄마와 나는 그 어떤 말도 하지 않았다. 아니 숨을 죽이고 있었다고 표현하는 것이 맞으리라. 그때 엄마는 텔레비전 바로 앞에 앉아 계셨고 나는 뒤쪽 소파에 앉아 있었다. 미동도 하지 않고 있는 어머니의 뒷모습을 바라보노라니 가슴이 답답하고 숨이 턱턱 막히는 것 같았다. 딸이 더 힘들까봐 아무렇지도 않은 척 움직이지도 않고 눈물을 참고 있었으리라. 그렇게 엄마와 나는 서로를 위해 치밀어오르는 슬픔을 꾹꾹 누르고 말았다.

그런데 엄마를 보내고 나니 엄마에게 슬프다고 말하지 못한 것이 너무나도 후회되었다. 그냥 껴안고 울었어야 했다. 그랬어야 했다. '엄마를 보내는 것은 상상할 수 없이 슬프고 아프다고. 그리고 이 세상 그 누구보다 엄마를 사랑한다고. 너무 고맙고 미안하다고……' 그저 그렇게 마음껏 내 마음을 다 보여주고 엄마가 얼마나 사랑받는 존재인지를 느끼게 해주었어야 했다. 분명 나는 그때 그렇게 해야 한다는 것을 누구보다 절실하게 알고 있었으면서도 왜 아무 말도 하지 못했을까? 왜 '사랑한다' '슬프다' '그립다' '보고 싶다' '감사하다'라는 말을 얼굴을 마주하고 눈을 바라보며 온 존재로 진심을 담아 말하지 못했을까. 이 아름다운 말들을 왜 선물로 드리지 못했을까.

엄마가 몹시도 그리운 5월이다. 이제 더는 엄마의 가슴에 꽃을 달아드릴 수 없다. 그런데 만약에 아주 잠시라도 엄마를 만날 수만 있다면 나는 무엇을 할 수 있을까? 꽃을 달아드릴까? 선물을 드릴까? 옷을 사드릴까? 맛있는 음식을 해드릴까? 아니다. 나는 오로지 단 하나, '사랑한다'고 말할 것이다. 따뜻한 눈빛과 표정으로, 뜨거운 포옹과 웃음으로. 내가 엄마를 얼마나 사랑하는지 온전히 느끼게 해주고 싶다. 오늘이 마지막인 것처럼.

다름,

그 자리가
사랑이 시작되는
지점

추석이 다가오면 우리 가족은 돌아가신 엄마 생신을 제대로 챙겨드리지 못했던 아픔이 떠오른다. 엄마는 "바쁜데 뭘 오냐. 곧 추석인데……"라며 가족이 모이는 일을 극구 말렸다. 올해도 어김없이 오빠는 불효를 자책하며 "오늘은 돌아가신 어머니 생신입니다. 생전에 생신상 제대로 받지 못한 어머니의 마음을 대변하듯 새벽부터 부슬비가 내리고 있네요"라는 글을 가족 채팅방에 올렸다. 언니도 "우찌 아침부터 ㅠㅠㅠ 부모님의 사랑이 보일 때는 이미 곁에 안 계신다는 말이 맞아요~"하며 푸념했다. 다른 가족도 이런저런 반응을 보였다. 물론 눈으로만 채팅하는 동생도 있었다. 그럴 때면 '말 한마디라도 남기면 좋을 텐데……' 하는 아쉬움이 들었다.

우리 형제는 팔 남매다. 부모님 기일이나 명절에는 온 가족이 모두 모인다. 하지만 동생은 요직에 있어서인지 얼굴만 들이밀거나 바빠서 그마저도 쉽지 않다. 우리 가족은 '함께하는 것'에 익숙하다. 매년 김장도 같이하고 가끔 가족끼리 강원도 오빠 집에 모여 어릴 적 기억을 떠올리며 밤새 추억에 잠긴다.

어느 해 추석, 조카가 성묘를 간 가족의 모습을 찍어 가족 채팅방에 사진을 올렸다. 이런저런 글이 올라왔다. 그런데 동생이 불편했던 것 같다. 성묘를 가지 않은 자신만 부모님과 가족을 덜 사랑한다는 평가를 받는 기분이었을까? 동생이 고뇌에 찬 글을 보내왔다.

"우리 가족은 함께 산 시간보다 서로 떨어져 지낸 세월이 더 길지요. 당연히 자신만의 상처와 기쁨, 절망의 빛깔도 다릅니다. 그건 사랑의 깊이가 다른 것이 아니고 서로가 존재하는 이유와 방식의 차이겠지요. 어쩌면 더 복잡하고 미묘한 의식의 차별성이지요. 서로의 느낌과 감정을 알아채고 이해할 때 우리는 진실로 사랑의 표현이 가능하다고 생각해요. 엄마가 돌아가신 후 많은 생각이 나의 머릿속에 맴돕니다. 엄마에 대한 향수와 그리움도 저마다 다른 풍경을 갖는다는 것. 우리는 가족이지만 서 있는 자리가 다르다는 것. 여기서부터 우리의 사랑이 시작되어야 하지 않을까요?"

아, 그렇구나. 늘 조용히 뒷전에 있던 동생의 아프고도 아린 '사랑'이 느껴졌다. 물론 우리는 대놓고 동생의 '다름'을 책망하지 않았지만 은근히 '같이'하기를 강요했던 것은 아니었을까? 함께는 '같은 색'이 아님을, 같음이 사랑이 아니라는 사실을 인정조차 하려 하지 않았던 것은 아니었을까? 그동안 우리 가족은 엄마를 잃은 상실감이 너무 커 서로 다른 상실의 빛깔을 헤아리지 못한 것은 아니었을까? 열심히 미사에 참여하고, 함께 성묘하고, 다 같이 가족모임에 참석하여 이야기하는 것이 '가족'이고 '사랑'이라며 무언의 압박을 준 것은 아닐까?

명절은 부모의 품으로 돌아가는 순례의 날이라는 생각이 든다. 천상에 부모를 두고 있는 우리는 엄마의 품이 가족이다. 품안에서 우리는 어린아이가 된다. 그래서일까? 함께 만나 좋지만 갈등도 생긴다. 아이처럼 누군가에게 의존하고 요구하고 집착한다. 가족이라서 그런 줄 알았다. 그러나 한 번쯤은 다른 형제의 자리에서 바라보았어야 했다. 내 자리가 너무 크면 다른 자리가 보이지 않는 법.

한 걸음 뒤에서 보면 가족이라 할지라도 서 있는 자리가 다르다는 것이 보일 텐데. 다름, 그 자리가 바로 사랑이 시작되는 지점임을 알 수 있을 텐데.

아들을 죽인
원수를

용서할 수 있을까

남편을 잃고 아들과 단둘이 낯선 타향에서 새로운 둥지를 튼 여인. 그녀는 가련하고 고달픈 자신의 처지를 허영심으로 애써 달래며 살아간다. 게다가 운명의 장난같이 닥쳐온 연이은 불행의 풍파. 어린 아들이 납치되어 결국 싸늘한 주검으로 발견된다. 하늘이 무너지고 억장이 무너지는 충격적인 이 현실. 그래도 여인은 살아야만 한다. 누군가의 권유로 알게 된 하느님. 어쩌면 이 여인에게 하느님은 유일한 비상구였으리라. 최면에 걸린 듯이 살인범을 용서할 마음으로 교도소를 찾아간다. 그런데 이 무슨 황당한 반전일까? 아들을 살해한 살인범은 너무나도 평온한 표정으로 이렇게 말한다. "하느님이 드디어 저의 죄를 용서해주셨습니다. 하루하루가 얼마나 행복한지 모릅니다."

나는 영화 〈밀양〉의 이 장면을 아직도 잊을 수가 없다. 영화를 보는 내내 불편했다. 밀양密陽은 '비밀스러운 햇빛'이라는 뜻이다. 어쩌면 처음부터 이 영화는 양지보다 음지를 말하고 싶었는지도 모른다. 여인은 살인범의 충격적인 고백으로 아들을 잃었을 때의 분노보다 더 뜨거운 증오와 저주를 안고 살아간다. "하느님이…… 죄를 용서해주셨다고? 어떻게? 내가 용서하지 않았는데." 최면에서 깨어난 것일까, 아니면 다시 최면에 들어간 것일까? 주체할 수 없는 응어리진 분노와 배신감의 절정을 보여주는 여인 신애는 자해하고 증오하고 미워하며 절망의 나락으로 빠져든다.

나라면 어떠했을까? 과연 아들을 죽인 원수를 용서할 수 있을까? 피해자인 내가 용서하지 않았는데, 가해자인 그가 하느님의 용서를 이미 받았다고 한다면. 그것도 나보다 더 행복하고 평온한 모습으로 말이다. "이 세상에서 가장 위대한 용서는 자기를 죽이려는 사람을 용서하는 것"이라는 어느 노사제의 말이 생각난다. 아들을 죽인 원수가 아니라고 해도 우리네 평범한 일상에는 원수 같은 사람들이 존재한다. 나의 자존심, 명예, 체면, 인격 등을 죽인 사람들 말이다. 그런 사람들은 아들을 죽인 원수보다 용서하기가 좀더 쉬울까?

"사람이 참 간사해요. 앞에서는 해맑게 칭찬하고 격려하면서 뒤로 돌아오는 말은 나에 대한 험담과 비난이랍니다."

F는 도저히 용서할 수 없다며 울분을 토해냈다. 그는 자신의 분야에서 열심히 일하면서 많은 성과를 내고 유명세를 타기도 했다. 그런데 함께 일했던 동료가 앞장서서 자신을 음해하고 다닌다는 말을 들었다는 것이다.

"용서가 안 돼요. 절대로."

그의 말을 들으면서 언젠가 방송을 통해 들은 앵커의 말이 떠올랐다. "얼마간의 해프닝으로 무시하고 넘어가기에는 너무나 당황스러운 소문의 상처…… 카카오톡이든 유튜브든 널린 게 무기이니 이 정도의 음해야 식은 죽 먹기가 된 세상……."

나 역시 소문의 상처로 인해 미워하는 사람이 있다. 그 소문이 어떻게 가공되어 나에게 돌아왔는지는 모른다. 하지만 때로는 이런 소문이 뾰족한 칼날이 되어 나를 벤 듯 마음에서 피가 흘러나온다. 밉다, 싫다, 시리다, 아프다. 용서라는 단어조차 생각하기 싫다. 그저 내가 할 수 있는 일은 고해성사로 내 마음속 미움을 털어버리기 위해 애쓰는 것뿐이다.

어쩌면 '용서'의 몫은 처음부터 내 것이 아닌지도 모른다. 내가 원수를 사랑하고 용서하는 것이 아니라 그분께서 해주시는 일일지도. 다만 내가 할 수 있는 최선은 그분이 내 마음속에 들어오도록 허용하는 것. 딱 거기까지가 아닌가 싶다.

이제는
엄마에게

"미안해"라고
하지 않으련다

"원래 엄마는 그런 거요."

글쎄다. 평소 가까이 지내는 지인 T를 보면 엄마라고 해도 원래 그러면 안 될 것 같아 가슴이 답답하고 시리다. 일흔을 바라보는 나이에 조그마한 분식집을 운영하면서 식자재 구매부터 요리, 설거지, 서빙까지 도맡아한다. 주말이면 딸 부부와 손자들까지 불러 번개 같은 손놀림으로 기어이 이것저것 먹여서 보낸다. 그렇게 새벽까지 일하고 아침에는 전화 한 통에 뛰쳐나간다. 운전을 못 하는 딸을 대신하여 손자들을 챙겨야 하기 때문이다. 누군가 제발 자신 좀 돌보라고 하면 그는 웃으면서 말한다. "원래 엄마는 그런 거요."

그런데 그 말이 왜 그렇게 갑갑하게 느껴지는지 모르겠다. 딸이 그에게 자주 하는 말이 있다. "엄마, 미안해." 참 공허하게 들렸다. '미안하다고만 하지 말고 미안하지 않도록 무언가 달라지면 안 되겠니?' 하고 목구멍까지 차오르는 말을 꿀꺽 삼켰다. 10년 전에도, 지금도 여전히 "엄마, 미안해"라고 하지만 도무지 변한 것이 없기 때문이다.

불현듯이 떠오르는 이야기가 있다. 아이가 어릴 때 마음껏 놀 수 있게 해준 나무, 아이가 커서 돈이 필요하다고 하면 자신의 열매를 내다 팔라 하고, 집 지을 나무가 필요하다 하년 자신의 가지를 베어 가라 한다. 노인이 되어 여행하고 싶다 하니 자신을 통째로 베어 배를 만들라 하고, 더이상 아무것도 줄 수 없을 때는 남은 둥치마저 기꺼이 내어주며 쉬라 한다. 그렇게 하고 나니 나무는 참으로 행복했단다.

많은 이에게 친숙한 셸 실버스타인의 『아낌없이 주는 나무』의 내용이다. 그런데 가끔은 이런 생각이 든다. 나무의 모든 것을 가져간 아이는 정말 행복했을까? 나무는 아이가 찾아올 때마다 기쁘고 무언가를 줄 수 있어 행복하다고 한다. 그런데 아이는 노인이 될 때까지 찾아와 일관되게 필요한 것을 얻어간다. 나무는 그저 아이가 찾아와준 것이 고맙고 행복하지만 아이의 삶의 질에는 관심이 없는 것처럼 보인다. 나무가 모든 것을 다 내어주는 희생에 익숙해지는 동안 아이 역시 받는 것에 익숙하다. 그때마다 일시적인 만족에만 머무는 삶을 살지는 않았을까 하는 비관적인 생각을 한다. T의 딸처럼 말이다. 결혼 전에도, 아이의 엄마가 되어서도 여전히 고생하는 엄마에게 "미안해"라고 하면서.

T는 어린 나이에도 숱한 고생을 하면서 살아왔다. 온갖 궂은일을 도맡아하면서 인정받고 희생을 통해 그나마 자존감을 유지해왔는지도 모른다. '딸이 잘살지 못하는 것도 없는 부모를 만났기 때문'이라는 그의 죄책감이 숨막히는 희생의 삶을 살게 했는지도 모른다. 그러면서 입버릇처럼 "미안해"라고 말하는 딸도 엄마에게 엄마의 죄책감을 대물림받고 있다는 사실이 그저 안타까울 뿐이다.

나의 엄마도 그러하듯이 많은 엄마가 '자식이 행복하면 나도 행복하다'고 한다. 하지만 엄마가 행복해야 아이도 행복하다. '엄마'라는 말만 들어도 늘 가슴이 시리고 아픈 것은 일종의 죄책감이라고나 할까. 엄마의 희생을 당연하게 여기고 방관했던 부끄러움이기도 하다.

자신을 내던지지 않고 사랑할 수는 없는 것일까? 돌봄에서 동반으로 품어 안는 사랑, 가슴 저린 미안함이 아닌 든든하고 고마운

그런 사랑 말이다. 이제는 "미안해"라고 말하지 않으련다. 보석처럼
빛나는 축복의 말을 하고 싶다.

"엄마, 감사합니다."

왜
부모의 희생이

자식에게
상처가 될까

"축복식 하면서 마음이 벅차셨을 것 같은데 소감이 어떠세요?"

이른 아침 방송사와 인터뷰했을 때 받은 질문이다. 아마도 진행자는 나에게 "참, 좋다. 보람 있다" 뭐 그런 답을 원했을지도 모른다. 나는 형식적으로는 "뿌듯하기도 하고 기쁘기도 하다"라고 답하면서도 마음속 진실은 숨길 수 없었다. 그래서 '착잡하고도 씁쓸하다'는 표현을 한 것 같다. 짧은 인터뷰를 하면서 설명할 수도 없는 말을 내뱉고 나니 문득 미처 녹아내리지 못한 묵직한 마음의 진동이 느껴졌다.

건축과정에서 힘들어하는 나를 보고 누군가 "이혼하고 싶으면 집을 지어라"라는 말이 있다면서 원래 집을 짓는 일은 다 그런 것이라고 했다. 사실 단순히 '건물'을 짓는 일이 아니었다. 서로 다른 사람들의 생각과 마음을 녹여내면서 지독하게 '몸살'을 앓는 여정이었다. 그러면서 드는 생각. 고작 1년 동안 짓는 '집'이 이렇게 힘들고 고통스러운 과정을 거쳐야 한다면 평생을 만들어가야 할 가정이라는 집은 얼마나 많은 고난과 갈등을 감내해야 튼튼하게 세울 수 있는 것일까?

언젠가 M은 나에게 다가와 참담한 표정으로 자신의 가정 이야기를 했다. "'얼러 키운 자식 효자 없다' 하더니 정말 부끄럽기도 하고 기가 막힐 노릇이지 뭐예요." 얼마 전 아버지를 저세상에 보낸 후 나타난 M은 아버지를 보낸 슬픔보다 분노로 가득차 있었다. 그의 아버지는 임종 직전 너무나도 급한 나머지 구겨진 휴지 조각에 떨리는 손으로 마지막 유서를 남겼다고 한다. 내용인즉 '아들에게는 절대로 한 푼의 재산도 주지 말라'는 것이었다. "원래 아버지는 아들밖에 몰랐어요. 논과 땅을 팔아 딸들은 제치고 그애만 공부시키고 원하는 것은 다 해주었다고요. 그런데 이기적인 놈인지는 알았지만 아버지에게 그 정도로 한이 되게 불효를 했는지는 정말 몰랐어요" 라고 하면서 울분에 차서 원통해했다. 듣는 순간에는 '어쩌면 그럴 수가!' 하고 M과 함께 흥분했지만 돌아서서 은근히 드는 생각. '그런데 그 아들은 정작 부모에게 받아야 할 것을 못 받은 것은 아닐까?' 왜 우리는 "얼러 키운 자식 효자 없다" "집이 가난하면 효자가 난다"는 말을 할까?

"부모에게 상처받은 젊은 엄마들이 생각보다 많더라고요. 나는 우리 엄마만 생각하면 그저 고맙기만 한데 말이에요." 누군가 무심코 던진 말을 한 청년이 대뜸 받아 대답했다. "그것은 부모가 '내가 너에게 이만큼 해주었으니 너도 이만큼은 해야지' 하는 기대를 하고 우리를 키워서 그런 게 아닐까요?" 나는 그가 자신의 이야기를 하고 있다는 것을 금방 알아차렸다. 그에게는 부모가 그에게 건 무거운 기대감 때문에 그가 하고 싶은 것이 무엇인지도 모르고 살아온 아픈 과거가 있었기 때문이다.

예나 지금이나 부모는 모두 자식을 위해 희생한다. 그러나 '얼러 키운 자식'에게 준 만큼 받기를 기대하는 부모의 무의식 속 욕망이 자식에게는 '고마움'이 아닌 '상처'가 될 수도 있겠다는 생각이 들었다. 어쩌면 물질적 풍요가 정신적 빈곤으로 이어져 아파하는 이유는 '주었으니 내놓으라'고 하는 은밀한 조건 때문일지도 모른다. 조건은 그 어떤 사랑과 희생이라도 마음의 생채기를 남긴다. 생채기는 당장은 아무것도 아닌 것 같지만 자칫 곪아 썩기도 하여 세상을 뒤틀리게 보고 또 그 흔적을 지우느라 힘겹게 살아간다.

집을 힘들게 짓고 나서 벅차고 설레는 마음이 아닌 착잡하고 씁쓸한 이유는 나의 희생에 대한 '조건' 때문이 아니었을까.

엄마,

그 이름만으로도
행복하다

"자식이라면 아무 생각 없이 그냥 다 퍼주고 싶어. 그런데 생각해 보니 엄마에게는 그렇게 못 해준 거 같아 너무 미안해." 가끔 언니 입에서 '엄마'라는 말이 나오면 마음의 준비를 해야 한다. 그의 가슴속에 묻어둔 엄마에 대한 미안하고도 애잔한 슬픈 감정이 나에게도 고스란히 전달되기 때문이다. "엄마에게 용돈을 줄 때 '얼마를 드리지?' 하면서 주저했어. 미안해. 정말 미안해. 그래서 다음 생애에는 엄마가 내 자식으로 태어났으면 좋겠어. 그래서 지금 내 자식에게 하는 것보다 더 잘해주고 싶어." 순간 코끝이 찡해지면서 '엄마가 되어보지 못한 나는 어떡하지? 딸로 태어난 엄마에게 잘할 수 있을까?' 하는 생각에 가슴이 아려왔다.

자식을 위해서라면 불구덩이라도 마다하지 않는 엄마, 자식이 아프면 대신 아팠으면 좋겠다며 눈물을 흘리는 엄마, 자식이 먼저 세상을 떠나면 "나를 데려가지 왜?" 하고 한탄하며 하느님을 원망하는 엄마. 누군가의 엄마인 세상의 수많은 여성이 오늘도 그렇게 자식 때문에 울고 웃고 몸부림치고 때로는 목숨을 바치기도 한다. 그래서 자식은 '엄마'라는 말만 들어도 울컥 치밀어오는 감정의 늪에서 헤어나기 어렵다.

그런데 "엄마"라고 불러보지도 못하고 자란 자식들도 참 많다. '엄마'라는 말을 들어도 아무런 감흥도 느끼지 못하는 그런 아이들이 있다. 며칠 전 수녀님들과 함께 살고 있는 6호 처분을 받은 50여명의 십대 소녀들(소년법에 의해 소년보호시설에 위탁된 아이들)이 축제를 열었다. 보호자들 앞에서 자신들의 재능과 끼를 마음껏 발산하는 무대 위의 소녀들은 '과연 비행을 저지른 아이들이 맞나?' 싶을 정도로 맑고 밝았다. 친구들이 뮤지컬을 공연하고 춤을 추고 밴드와 노래를 할 때마다 터져나오는 우렁찬 환호소리는 가슴을 울리는 감동의 파동을 일으켰다.

무대에 올라선 아이 가운데 몇몇이 관중을 향해 "아빠!" 하고 크게 외쳤다. 나는 그때부터 관중석을 돌아보았다. 한 남성이 아이에게 손을 크게 흔들며 하트를 보냈다. 그리고 이어서 촉촉해진 눈가를 슬쩍 훔쳤다. 아빠라고 부른 아이 역시 노래를 따라하지 못하고 연신 눈물을 닦았다. 가슴이 뭉클했다. 혹시 관람석에 '엄마'는 없나 싶어 돌아보았지만 손을 흔들어주는 엄마, 하트를 보내주는 엄마, 눈물을 흘리는 엄마는 끝내 찾을 수 없었다. 나도 모르게 한숨을 내쉬며 중얼거렸다.

"아빠는 있는데 엄마가 없구나. 엄마가……."

엄마는 못 배워도, 못생겨도, 가난해도, 장애가 있어도 엄마다. 뱃속에 한 생명으로 잉태된 순간부터 태아는 엄마의 생명과 같기 때문이다. 엄마의 살과 피로 심장이 뛰고 피가 돌고 뇌파가 감지된다. 눈꺼풀이 눈을 덮고 머리, 몸통, 팔, 다리가 생긴다. 뱃속에서부터 엄마의 미세한 감정 변화에 반응하고 좋고 나쁘고 불안하고 노여운 감정을 배운다. 뱃속 아이의 최대 행복은 엄마의 부드럽고 사랑스러운 목소리며 최대 고통은 엄마의 분노에 찬 고함이다. 엄마와 아이는 그렇게 서로의 몸과 정신이 하나가 되는 장엄하고도 숭고한 여정을 함께한다. 그래서 '엄마'라는 호칭은 세상의 그 어떤 말보다 아름답고 특별하다. '엄마'라는 말만 들어도 눈물이 차오르고 가슴이 뜨거워지면서 행복해지는 이유다.

축제를 마치고 아이들 앞에 선 한 판사는 자신이 처분을 내린 아이들의 이름을 사랑스럽게 한 명 한 명 불러주었다. 그때마다 아이들은 터질 듯한 큰 목소리로 대답했다. "여러분의 비행 기록은 없다. 그러니 여러분 자리로 돌아가 새롭게 시작하기를 바란다." 아이들에게 다시는 이런 처분을 내리고 싶지 않다는 엄마 같은 마음을 지닌 판사의 진심이었으리라.

아이가 돌아갈 본래의 자리는 엄마와 마주할 수 있는 바로 그 자리가 아닐까? 같이 살지는 못해도 가끔이라도 아이가 '엄마'를 마음 놓고 부를 수만 있다면 참 좋겠다.

○

4장

그래도
사랑인
것을

사랑만큼은

불편하면
안 될까

인간은 완벽하지 않으니 어차피 우리의 사랑도 불완전하다. 그런데 갈수록 불완전함을 버티는 힘이 약해지는 것 같다. 편견일지 모르겠지만 요즘 사랑은 유효기간도 짧아진 것 같다.

몇 년 전 영국에서 인공지능 로봇을 소재로 한 드라마가 방영된 적이 있다. 늘 바쁘게 살던 엄마를 대신하여 가정용 인공지능 로봇이 한 가정에 들어온다. 가족은 일도 잘하고, 식사도 완벽하게 준비하는 로봇에 열광한다. 그러던 어느 날 엄마가 아이에게 동화책을 읽어주려 하자 아이는 로봇이 읽어주는 것이 더 좋다며 이렇게 말한다. "로봇 아니타는 절대 서두르지 않아."

그렇다. 로봇은 두려움을 느끼지 않고 흥분하지 않아 엄마처럼 야단치거나 서두르지도 않는다. 게다가 강하고 빠르며 못하는 것이 없다. 엄마보다 아이를 더 잘 돌보고 부탁받은 일도 절대 잊지 않는다. 하지만 로봇은 감정이 없어 사랑을 주지 못한다. 드라마 속 가족은 엄마에게 무엇을 기대했을까? 다양한 감정이 녹아 있는 사랑이 아니라 필요만을 채워주는 완벽함을 원한 것일까?

사회심리학자 셰리 터클은 "기술에 대한 기대는 늘어나고, 사람에 대한 기대는 줄어들고 있다"고 말한다. 나 역시 살다보면 관계를 맺으려는 노력보다 내가 필요로 하는 것을 채워주는 편리한 수단을 찾는다. 내 스스로 노력하여 소통하기보다 기술의 힘을 빌려 쉽게 소통하려 한다. 이런 관계에 익숙해지면서 불편하고 아픈 사랑은 인내하지 못한다. 고독과 외로움, 슬픔과 두려움을 견디지 못한다. 자제하고 기다리면서 힘들게 지켜야 하는 순결한 사랑은 이해할 수 없다.

"나 너 사랑해"라는 말은 '네가 살아온 삶의 가치와 신념'을 공유하고 싶다는 고백이다. 또한 '책임'을 이행하겠다는 다짐이기도 하다.

"결혼이요? 그런 거 왜 해요. 혼자 사는 것이 이렇게 편한데요."

젊은이들에게서 가끔 듣는 말이다. 요즘은 혼자 살아도 외롭지 않단다. 언제 어디서나 소통할 수 있는 스마트폰이 있고, 마음만 먹으면 자유롭게 여행을 다닐 수 있으며, 원하면 적당히 연애도 할 수 있다고 한다.

그래도 나는 고집스럽게 말하고 싶다. 사랑만큼은 불편하면 안 될까? 사랑만큼은 다 낡고 떨어져도 소중히 껴안아주면 안 될까? 사랑만큼은 죽을 것 같아도 버티고 지켜주면 안 될까? 사랑만큼은.

내가
하고 싶은
말,

상대방도
듣고 싶을까

뉴욕현대미술관MoMA에 갔다. 그곳에서 가장 인상 깊었던 것은 위대한 화가의 작품이 아니라 그 작품 앞에 나란히 앉아 대화를 나누는 어느 노부부의 뒷모습이었다. 그들은 서로 머리를 맞대고 파블로 피카소의 〈아비뇽의 처녀들〉을 바라보며 속삭이고 있었다. 작품에 집중하는 만큼 서로의 이야기에도 귀를 기울였다. 아내가 말을 하면 남편이 귀를 쫑긋 세우고 열심히 들었고 남편이 이야기하면 아내가 진지한 표정으로 고개를 끄덕였다. 벌거벗은 몸으로 이상한 포즈를 취하고 있는 아비뇽의 다섯 여인 앞에서 노부부는 무슨 할말이 그렇게 많았을까? 진지하고 엄숙하게 느껴지기까지 했던 노부부의 뒷모습은 그들이 살면서 얼마나 많은 마음속 대화를 나누며 살아왔을지 짐작하게 해주었다.

강연을 다니면서 부부들에게 서로 어떤 대화를 나누는지 물어본다. 주로 직장에서 있었던 일, 자녀 이야기, 드라마나 정치 이야기 등을 한다고 한다. 30여 년 결혼생활을 해온 G는 남편이 정치 이야기를 할 때만 입을 열고 평소에는 "밥 뭐 먹어?" "양말 어디 있어?" "내일 뭐 해?" 하는 정도라고 한다. 하지만 결혼생활은 별문제 없이 그런대로 잘 살아왔다는 것이다. 그런데 여행은 절대로 함께 갈 수 없다고 한다. 서로 취향도 안 맞고 재미없어서 영화조차 같이 보기 어렵다고. 부부생활은 해도 취미생활은 함께할 수 없고, 말은 해도 대화는 안 되는 부부가 생각보다 참 많은 것 같다.

가끔 이런 생각이 든다. '요즘 우리는 말잔치에 초대받은 사람처럼 말이 참 많구나.' 나 역시 듣는 사람을 배려하고 듣는 이의 마음을 헤아려주는 '대화'가 점점 어렵게 느껴진다. 때로는 여러 명이 모여 이야기를 하는데, 듣는 사람이 별로 없다. 마치 말할 순서를 기다리는 사람처럼 누군가의 말이 끝나기 무섭게 치고 들어온다. 이야기의 흐름을 끊고 이미 했던 말을 또 하기도 한다. 듣지 않아서다. 들으려는 사람보다 말하려는 사람이 너무 많다.

왜 우리는 자기 이야기는 잘하면서 듣는 것은 어려워할까? 한 연구 결과에 따르면 자기 이야기를 할 때 마약과 같이 도파민이라는 신경전달물질이 분비된다고 한다. 그래서 내가 누구를 만났고, 무엇을 먹었으며, 어디에 놀러 가서 셀카를 찍고 SNS에 올려 나만의 말잔치를 이어가고 있는 것일까?

대화는 배려다. 배려가 있는 대화는 아름다운 하모니와 같아서 상대방과 눈을 맞추고 감정을 나누어야 한다. 그러려면 상대뿐 아니라 자신의 소리도 잘 들어야 한다. 내가 하는 말을 내가 잘 들으면 상대방 입장에서 내 말을 어떻게 듣는지 알아채는 마음의 여백이 생긴다. 내가 하고 싶은 말이 누군가는 불편하고 듣기 싫을 수도 있으니까. 나는 신나서, 즐거워서 한 말이 누군가에게는 상처가 될 수도 있으니까. 같은 말을 했지만 완전히 다르게 이해해서 친구가 적이 되고 부부가 남이 될 수도 있으니까.

부부가 나이 들어도 오랫동안 함께 나누고 즐길 수 있는 것, 바로 대화가 아닐까 싶다. 사랑이 서툴러 내 것만 고집하다가도 다시 후회하며 돌아서게 하는 것, 분노와 미움으로 당장 헤어질 듯이 싸워도 다시 바라보고 용서하게 만드는 것, 그것은 바로 자기성찰이 담긴 대화다. 말인지, 대화인지 혼란스러울 때 스스로에게 묻는다.

"내가 하고 싶은 말, 너도 듣고 싶을까?"

사랑은
완성이 없어,

무한이니까

언젠가 언니와 형부가 단둘이 유럽여행을 다녀왔다. 여행을 떠나기 전 나는 언니 부부가 결혼할 때의 첫 마음을 기억하고 아름다운 추억을 만들기를 바라며 행운을 빌어주었다. 사실 언니는 부모님의 강한 반대에도 평생 죽고 못 살 것 같던 형부와 결혼했다. 어느덧 언니가 결혼한 지 30여 년이 훌쩍 넘었다. 누구나 그렇듯이 언니 역시 어렵고 힘든 시기를 잘 버텨왔다. 그래서 나는 그 여행이 언니 부부의 제2의 인생을 향한 전주곡이 되기를 내심 바랐다.

여행에서 돌아온 언니에게 전화가 왔다. 내심 궁금하여 다급히 물었다.

"어땠어? 좋았지?"

언니는 1초의 망설임도 없이 대답했다.

"이번에 확실히 알았어."

"뭘?"

그때 나는 언니가 형부와 여생을 행복하게 살자고 약속했다는 그런 드라마 같은 이야기를 기대했는지도 모른다. 하지만 언니는 한숨을 쉬며 토해내듯이 말했다.

"안 맞아도 이렇게 안 맞는 남자와 30여 년을 살아왔다는 걸 말이야."

예상치 못한 대답에 당혹스러웠다.

"나는 빵과 커피를 맛있게 즐기는데 밥 타령이나 하고 있지를 않나, 미술관에서 그림 감상하는데 빨리 나가자고 보채지를 않나. 맞는 게 있어야 함께 여행을 다니지. 그렇다고 통하는 게 있나."

나도 모르게 웃음이 터져나왔지만 부부로 평생을 살면서 그림을 보며 함께 대화할 수 없는 관계라는 것이 조금은 안타까웠다.

연애할 때 미술관을 가보지 못한 것일까? 하기야 가난했던 시절 기껏해야 다방이나 덕수궁 정도 갔겠지. 게다가 사랑의 콩깍지는 서로의 진정한 모습을 바라보지 못하게 하니 말이다. 사랑은 콩깍지가 벗겨질 때 시작하는 것이 맞는 듯하다. 콩깍지가 벗겨질 때쯤 남편이 되고 아내가 된다. 그때에 이르러서야 비로소 서로를 제대로 볼 수 있을 듯싶다. 그냥 넘어갈 수 있던 결점도 미워 보이고 귀엽게 들리던 잔소리도 신경에 거슬릴 것이다. 하지만 사랑이란 바로 그 불편한 지점에서 시작되지 않을까 싶다. 취향이 다르고 통하지 않는 그 지점에서 진짜 사랑이 시작되는 것이 아닐까. 다툼이 있어야 인내를 알고, 분노의 감정 이후에 온유함도 배운다. 서로 밀고 당기며 제자리를 찾아간다. 사랑이 완전해서 결혼한 것이 아니라 완전한 사랑을 위해 결혼한다.

최근 한 예능 프로그램에서 '무한'에 대해 말하던 출연진의 말이 기억난다. '무한대는 숫자가 아닌 과정'이라면 '사랑은 무한이기에 과정'이라는 말이 마음에 들어왔다. 그러면서 사랑의 완성을 결혼이라고 생각하면 결혼생활은 오래가지 못한다고 했다. 그렇다. 우리는 누구나 '사랑'을 갈망하지만 그 사랑은 채워지는 것이 아닌 것 같다. 그냥 과정일 뿐. 그러므로 불완전한 사랑에서도 의미를 찾고 만족하며 살아가는 것이 진정한 행복이 아닐까 싶다.

수도생활도 마찬가지다. 처음 수녀원에 들어올 때 나는 '이보다 더 행복할 수 없다'는 설렘으로 시작했다. 모두가 천사였고 모든 것이 기쁨이었다. 천국이 따로 없었다. 하지만 콩깍지는 벗겨지기 마련. 때로는 지옥을 등에 업고 수시로 나락으로 떨어지기도 한다. 가만히 지난 시간을 돌아보면 분명한 것은 고통이 있어 참을 수 있었고 미움이 있어 회개도 할 수 있었다. 모든 것을 포기하고 주님만 따르며 살겠다는 수녀들 사이에서도 완성된 사랑은 없다. 다만 만들어가고 있을 뿐이다.

　왜 사람들은 결혼할까? 사랑하기 때문이 아니라 사랑하기 위해서 아닐까. 사랑은 완성할 수 없는 무한이니까.

조금은

둔해도
괜찮은데

불편한 감정을 털어내려고 숨을 깊이 들이쉬었다. 그러고는 천천히 성경을 펼쳤다.

모든 사람이 너희를 좋게 말하면 너희는 불행하다!

—루가 6, 26

깊숙이 감추어두었던 속내를 들킨 것 같아 마음이 출렁였다. 너무나도 사소하여 아닌 척했지만 마음이 무거웠다. 나와 관련된 소문이라 신경쓰였다. 굳이 나 자신과 연결하지 않아도 될 일인데 말이다. 소문의 진원지인 당사자 앞에서는 애써 태연한 체했지만 이미 나의 마음은 그에 대한 편견으로 가득찼다.

'저 사람은 배려라곤 전혀 없군.'

'게다가 고집까지 세네.'

'가까이하고 싶지 않아.'

그에게 직접 소문을 듣지도 않았는데 그의 작은 행동조차 눈에 거슬렸다. 한편으로는 내 감정의 민낯을 보는 것 같아 괜스레 부아가 치밀었다. 소문만 듣고도 이토록 마음이 요동을 치다니.

주님께서 말씀하신다. "사람들이 나를 좋게 말하면 오히려 나는 불행할 것"이라고. 좋고 나쁨이 말하는 사람의 입에 있는 것도 아닌데 나의 예민함 탓이리라. 조금은 둔해도 괜찮은 것을.

요즘은 넘치다못해 질식할 것 같은 '말'의 홍수에 빠져 사는 것 같다. 대화인지, 잡담이나 험담인지 구분이 안 될 때도 있다. 대면 대화가 힘들고 마주할 용기가 없으면 소셜 네트워크로라도 대화를 중계한다. 그런데 이 말은 확성기보다 더 크고 빠르게 퍼진다. 때로는 가시가 되고 화살이 되어 누군가의 심장에 아픈 상처로 남는다.

조금은 둔감해야 평화롭다. 상처가 났다고 긁어대면 더 아프다. 불편할 때마다 민감하게 대응하면 스트레스만 커진다.

"신경 좀 *끄시지*."

내 자신에게 종종 하는 말이다. 나이가 들면서 에너지가 줄어드는데, 게다가 예민하기까지 하면 어쩔 것인가. 젊을 때는 에너지가 충만하다. 해보지 못한 일도 해야 하고. 경험이 없으니 부정도 하고 불평과 험담도 해볼 만하다. 그래서 후회도 하고 가던 길을 다시 돌아오기도 하고 힘들게 올라간 길을 다시 내려올 수도 있다. 하지만 나이가 들면 자연스럽게 모든 기능이 쇠퇴하면서 사용할 에너지가 많지 않다. 그렇다고 좌절할 이유는 없다. 판단하고 불평하고 부정하는 에너지만 쓰지 않으면 된다. 자꾸 부정적인 일에 힘을 빼다보면 스트레스만 쌓일 뿐이다.

'나는 예민해서 도저히 안 돼!'라고 생각한다면 부정이 긍정이 되게 하는 방법도 있다.

언니가 동장이었을 때다. 긴급회의를 하는 도중 언니는 스마트폰을 만지작거렸다. 다음날 지역 신문에 "비상회의 때 스마트폰을 만지는 여동장의 불성실한 모습"이라는 기사가 실렸다. 기자에게 무척 화가 난 언니는 며칠 후 기자를 만났고 대화를 피하려는 기자에게 적극적으로 다가가 말했다.

"기자님, 지난번 기사 정말 고마웠어요. 그 이후로 회의 때 절대로 스마트폰을 만지지 않아요. 정말 고마워요."

　순간 기자는 얼굴을 붉혔고 안절부절 어쩔 줄 몰라 했다. 그후 기자는 언니를 멀리서 보기만 해도 먼저 달려와 반갑게 인사를 하더란다.

　이렇게 반전의 역전을 할 수 있는 용기가 없다면? 조금은 둔해도 좋다. 과민해서 좋을 것이 없으니까.

독서,

들어갈수록
자유로운 감옥

"10년 이상 감옥생활을 버티게 한 건 책을 읽는 습관"이었다고 고백한 어느 칼럼니스트의 말이 생각난다. 감옥에서는 자유가 제한되어 있다. 차갑고 어둡고 폐쇄된 공간이다. 하지만 감옥에서 책을 읽으면 수많은 인물과 자유로운 세상을 만난다. 책을 읽을 때 우리의 뇌는 직접 책 속 세상을 체험하는 것처럼 반응한다. 상상만 해도 실제로 뇌는 활성화된다. 비좁은 감옥에서 책을 읽어도 광활한 우주공간을 만날 수 있는 이유다.

어쩌면 감옥이라서 더욱 독서에 집중할 수 있지 않았을까 싶다. 그곳에서 할 수 있는 일은 많지 않으니까. 나 역시 기차 안에서 책을 읽으면 집중이 더 잘 된다. 기차라는 공간에서 할 수 있는 것이 별로 없기 때문이다. 자리에 꼼짝없이 앉아 목적지까지 가야 한다. 어떤 의미에서는 책 자체도 감옥이라 할 수 있다. 스마트폰처럼 여기저기 훑을 수 없기 때문이다. 책은 순서에 따라 인내하고 집중하며 읽어야 한다. 다른 생각을 하거나 이야기하면서는 사고의 밀도가 높은 책을 읽기 어렵다. 침묵과 몰입으로 책 속에 갇혀야만 더 큰 자유를 맛볼 수 있다.

"꼭 종이책이어야 할까?" 하고 묻는 사람도 있다. 책을 하나의 지식 덩어리로만 본다면 전자책은 가격도 싸고 가볍고 편하다. 그리고 무엇보다 많은 글을 읽을 수 있어서 좋다. 스마트폰 안에 도서관을 차려도 될 정도니까. 그러나 책 읽기는 단순히 정보나 지식을 꺼내오는 차원과는 다르다. 종이책은 시각, 촉각과 연결되어 마음과 몸으로 전달된다. 종이를 만지작거릴 때 느껴지는 손맛, 책장을 넘기는 소리, 향 가득한 책냄새, 책갈피 사이에서 흘러넘치는 여유, 책의 무게에서 느껴지는 묵직한 고뇌. 거기에서 느끼는 만족감이 있다. 때로는 줄도 긋고 접기도 하면서 친밀감을 느끼고 마음의 여유를 즐긴다. 무엇이든 친해지려면 자주 대면하고 시간을 보내야 하는 법이다. 천천히 자주 곱씹으며 마주하는 책은 확실히 스마트폰으로 읽는 전자책과는 다르다.

빠르고 즉각적인 만족을 주는 스마트폰, 터치만 하면 넘어가는 전자책은 깊고 천천히 음미할 여백이 별로 없다. 미국의 디지털 사상가 니컬러스 카는 "스마트폰은 유리 감옥"이라고 했다. 스마트폰을 사용하면 온 세상을 돌아다니며 자유를 누리고 있는 것 같지만 오히려 노예처럼 자신을 가둔다. 스마트폰으로 책을 읽을 때는 유혹이 많다. 스마트폰은 마치 대형 백화점과 같아 쇼윈도 앞에 서성이고 기웃거리게 만들어 산만함을 부추긴다. 하지만 종이책은 높은 담 안에 갇힌 것 같지만 깊은 사색과 성찰로 더 큰 자유를 맛보게 한다.

훑어보기가 대세인 요즘 독서가 그 어느 때보다 절실하다. 점점 두껍고 어려운 책은 읽지 못하고 깊은 통찰력과 지혜를 주는 숭고한 예술을 감상하기도 어렵다. 가끔은 바쁘다고 말하고 싶다. 하지만 시간이 없는 것이 아니라 마음을 먹지 못해서가 아닐까. 스마트폰은 마음먹지 않아도 저절로 손이 가지만 책은 마음먹고 의지를 다져야 한다. 습관이 되기까지. 사실 책 읽기가 즐거워 습관이 되기보다 습관이 되어야 즐겁다.

살다보면 수많은 감옥을 만난다. 고통과 분노, 지루함과 심심함이라는 감옥. 그때마다 쉽게 스마트폰 속으로 숨고 싶다. 그러다 깊숙이 들어가면 나오고 싶어도 나올 수가 없다. 화려한 세상 중심에 서 있는 것처럼 보이지만 꼼짝할 수 없는 유리 감옥일 수도 있다. 잠시 호흡을 고르고 책으로 들어가야겠다. 들어갈수록 자유로워지는 감옥으로.

기억하지 않는
세상

중학생을 대상으로 청소년영성리더십교육을 실시한 적이 있다. 아이들이 어찌나 호기심 가득한 두 눈으로 나를 바라보는지 참으로 행복했다. 가치교육이기에 다소 추상적이고 어려울 수도 있었다. 그러나 아이들은 꽤 집중하는 것 같았고 알아들은 듯 고개까지 끄덕였다. 기분이 너무 좋은 나머지 '뇌과학'까지 들먹이면서 열정적으로 강의를 마쳤고 마지막에 활동과제를 주었다.

그런데 문제는 그다음이었다. 그룹 강사들이 "뭐 배웠느냐?" "어떤 활동과제를 받았느냐?"라고 물었을 때 아이들은 맹한 표정으로 "몰라요" 했다는 것이다. 아이들과 함께 내 강의를 들었던 수녀는 "아니, 그게 참 이상해요. 수업시간에는 그렇게 대답도 잘하고 열심히 작업도 했는데 어찌……" 하면서 어이없는 표정을 지었다. 그러자 누군가 "시험에 안 나오잖아요. 기억해야 할 의미가 없는 거지요"라는 말에 일제히 "아하~" 하며 한숨을 토해냈다.

그런데 그 말이 슬프기는 하지만 맞기도 하다. 의미와 무의미의 차이는 있음과 없음의 차이처럼 그 간극이 매우 크다는 생각이 든다. 신경과학자들에 의하면 의미 없이 사물을 보게 되면 시각을 담당하는 뒤통수엽의 일부만 활성화된다고 한다. 기억의 뇌는 전혀 일하지 않는다는 말이다. 하지만 무언가 유의미하게 듣고 보고 읽게 되면 뇌의 새로운 경로가 열리고 뇌 신경세포의 활동이 두 배 또는 세 배까지 증가하면서 기억의 확장을 이루어낸다.

그러니까 아이들은 수업시간에 열심히 대답하고 워크북 작업도 했지만 그에 대한 기억을 인출하지 못했다. 아니 애당초 기억 창고에 없었을 것이다. 그 순간 영상을 보듯이 느낌만으로 알아들었다고 생각했는지도 모른다. 보상이 주어지는 것도 아니고, 시험에 나오는 것도 아니었으니 딱 거기까지였을 것이다. 그런데 가만히 생각해보면 나도 그렇다. 미사시간에 강론을 열심히 듣고 '참 좋다' 했지만 나중에 기억나는 것은 별로 없다. 사제의 표정과 손짓, 화기애애했던 그 느낌에 대한 기억은 있지만 돌아서면 들은 정보에 대한 기억의 순서가 뒤죽박죽이다.

"책을 덮고 보니 책 속에 머리를 놓고 왔구나"라는 윌리엄 스태퍼드의 시 구절이 생각난다. 책을 열심히 재미있게 읽었지만 정보가 의미로 전환되는 과정을 거치지 않으면 기억에 남는 것이 없다. 더욱이 요즘 같은 스크린 세상에서는 "뭐지?" 하고 묻는 순간 손은 재빨리 스마트폰에 가 있다. 생각하지 않아도, 기억하지 않아도 스마트폰이 알아서 기억해준다. 그러니 내가 애써 기억하려고 하지 않아도 된다. 지금의 나는 컴퓨터 속에 머리를 두고 다니는 셈이다.

기억이 없으면 과거도, 현재도 없다. 과거에 대한 기억이 있어 현재도 있고 또 내가 존재하는 것이 아닐까 싶다. 그런데 점점 내 기억 용량이 줄어들고 있는 것 같아 불안하다. 주의력을 분산하는 매체환경은 지속적인 수행을 어렵게 만든다. 그런데 저절로 기억되는 것은 하나도 없다. 무언가를 기억하기 위해 읽고 들은 것을 애써 지각하고 인지하는 의미 해석의 단계를 거치는 연습이 그 어느 때보다 절실하다.

나는 오늘 하루 듣고 읽은 경험을 얼마나 기억하고 있나? 혹여 아이들처럼 저장 안 되는 임시 기억 시스템만 작동하면서 알고 있다는 느낌만으로 지낸다면 심히 애통한 일이다.

해야만
하는 것과

할 수 있는 것

'나만' 불행한 것이 아닌가 하는 생각이 들 때가 있다. 그 '나만'이 나도 다른 사람처럼 '행복할 권리'가 있다는 오기를 불러일으킨다. 그래서 나도 '행복해야만' 한다는 의지를 불끈 솟게 만들고 이것저것 계획하면서 나도 모르게 무언가를 자꾸 통제하려고 한다.

그런데 가만히 나의 삶을 돌이켜보면 과연 내 의지대로 된 것이 얼마나 있었을까 싶다. 수녀원에 온 것도, 유학한 것도, 글을 쓰고 강연을 하고 라디오방송을 하는 것도 그 어느 것 하나 내 의지와 계획에 있었던 것은 아니었다. 그저 운명처럼 시작한 일들이었다.

사실 내 원의대로 무언가를 하려고 할 때면 치열한 전투를 치러야 한다. 그러면 시간 낭비는 물론 에너지까지 바닥이 난다. 그리고 무엇보다 나의 영혼은 불안과 우울 속에 침식되어 사람도 잃고 사랑도 잃고 만다. 때로는 이 '해야만 한다'는 당위성이 누군가를 판단하고 공격하는 무기가 되기도 한다.

'해야만 해'라는 것은 그저 내 생각일 뿐이다. 그래서 모든 것을 내 생각의 틀에 맞추어 집어넣고 현실을 짜깁기하려 했는지도 모른다. '너는 이렇게 해야만 해' '사랑한다면 이래야만 하는 거야' '부모라면, 자녀라면, 친구라면 이렇게 해야만 해.' 그러나 대부분 현실은 나의 통제 밖에 있다. 사실 내가 원하는 대로 되지 않는 것이 바로 현실인지도 모른다. 나의 강한 의지가 어느 정도 무언가를 해낼 수 있을지도 모른다. 그런데 힘을 주면 줄수록 그만큼 잃는 것도 참 많다.

지치고 고단하고 힘겨웠던 시절, 나는 그때 싸우고 있었다. 내가 원하는 대로 세상이 달라져야 했고 내가 믿는 대로 그 사람이 바뀌어야만 했다. 내 자리, 내 생각, 내 성격을 지키기 위해 나의 성장과 변화를 거부한 어리석은 싸움이었다.

'해야만' 하는 것은 아무것도 없다. 다만 할 수는 있다. '할 수 있다'는 가능성의 문을 활짝 열어놓은 나의 자발적인 선택이다. 다양함과 다름과 틀림도 허용하겠다는 것이다. 의지가 아닌 선택, 통제가 아닌 허용은 삶의 흐름과 하느님의 섭리에 맡기겠다는 마음가짐이기도 하다. 힘을 빼고 뒤로 물러나 내맡기는 것. 이는 그냥 흘러가는 대로 내버려두는 것이 아니라 그 어떤 거스를 수 없는 '흐름'에 맡기는 것이고 동시에 선택이기도 하다.

직장에서 중책을 맡고 있는 C는 어느 날 나에게 힘없이 목멘 소리로 하소연을 해왔다.

"수녀님, 그동안 믿었던 한 후배가 자기가 원하는 것을 들어주지 않는다고 몇몇 직원을 부추겨 사표를 냈어요. 게다가 원장님에게 나에 대한 험담을 빼곡히 적어보냈더라고요. 정말로 분통이 터져서 며칠 동안 잠을 잘 수가 없었어요. 도저히 용서가 안 돼요."

그러면서 명예훼손으로 고발해야 할지, 문자로 경고를 보내야 할지 다방면으로 고민하고 있다고 했다.

C의 입장에서는 신뢰했던 후배가 절대 해서는 안 되는 행동이었다. 그래서 배신감은 이루 말할 수 없이 컸고 어떻게든 자기가 받은 상처를 되돌려주고 싶었을 것이다. 하지만 나는 그가 싸워서 그들을 이길지는 모르겠지만 상처는 더 커지고 아파서 지금보다 더 고된 시간을 보내야 할지도 모른다고 말했다. 지금은 아프겠지만 값진 인생 수업을 했다 생각하라고 다독여주었다.

아마도 C는 나에게 '말은 참 쉽게 한다'고 생각했을지도 모르겠다. 그러나 적어도 내가 살아온 인생은 그렇게 말한다. '아플수록 멈추라고. 통제 밖의 현실과 싸우지 말라고. 그저 삶의 흐름에 맡기고 공격하면 맞고 깨지고 부서지라고.'

어쩌면 달라져야 하는 것은 세상도, 너도 아닌 나의 맷집일지도 모른다. 삶의 흐름과 성령의 섭리에 내맡길 수 있는, 맞아도 덜 아픈 맷집 말이다. 이것이 '행복할 수 있는' 탁월한 선택이 아닐까 싶다.

행복보다
아픔이 많다면

사랑이
아닐 수도

요즘 이런 생각이 든다. '나는 지금 행복한가?' '수도자로서 제대로 살고 있나?' '타성에 젖어 오랜 세월 익숙한 수도생활에 안주하고 사는 것은 아닐까?' 그러면서 어딘가로 떠나고 싶어진다. 멀고 낯선 오지에라도 나를 던지고 싶다. 아마도 지금 나는 행복하지 않은지도 모르겠다.

문득 예전에 읽었던 마샤 그래드의 『동화 밖으로 나온 공주』가 생각났다. 인상 깊게 남은 내용은 대략 이렇다.

공주는 엄격하고 규범적인 왕실에서 체면을 중히 여기는 환경에서 자란다. 그런데 내면의 아이 비키는 요란스럽고 시끄럽다. 비키가 나타날 때마다 공주답지 못하다며 야단을 맞는다. 결국 공주는 비키를 옷장 속에 가두어둔다. 그러다가 어릴 적부터 꿈꾸던 이상적인 왕자를 만나 결혼한다. 하지만 공주는 왕자 내면의 못된 아이 하이드와 만나게 된다. 어릴 적 자신의 내면의 아이인 비키와 투쟁하면서 겪었던 갈등과 또다시 맞닥뜨리게 된 것이다. 결국 공주는 왕자 곁을 떠나 멀고도 위험한 진실의 길로 들어선다.

여행길에서 공주는 다른 사람의 지도를 보다가 길을 잃은 많은 여행객을 만난다. 자신 안에 있는 아름다운 나비를 보지 못하고 외모가 흉측하다며 얼굴을 감추는 쐐기벌레, 배나무밭에 있으면서 사과가 열렸다며 당황하는 사과나무, 물속의 물고기가 물에 빠져 죽을까봐 한 마리씩 건져 나무 위에 올려놓는 원숭이, 안개 속에서도 쾌청한 날씨에도 똑같이 앞을 못 보는 사물들을 만난다. 저마다 있는 그대로의 모습대로 살지 못하는 세상이다. 마침내 공주는 깨달음을 얻는다. 있는 그대로 행동했던 내면의 아이 비키를 구박하고 옷장 속에 가두면서부터 행복과 멀어진 삶을 살아왔다는 것을. 그리고 부족하고 한계가 많은 내면의 아이 비키와 화해한다. 동화는 공주가 비키를 진심으로 품고 사랑하면서 행복이 찾아왔고 그 행복은 다름 아닌 선택이었다고 말해준다.

나 역시 공주처럼 익숙하고 안전한 세상 밖으로 나와 수녀원에 들어왔다고 생각했다. 나 자신을 진실로 사랑하고 행복할 것이라 믿었다. 그런데 수녀원의 거룩한 전례와 아름답고 추상적인 언어에 익숙해져서일까? 내 내면의 아이가 다 자랐다고 착각을 한 탓일까? 게으르고 나태한 내면의 아이를 보고 싶지 않아 일부러 외면해서일까? 너무나 오랜 시간 내 내면의 아이를 잃고 살아온 것 같은 느낌이 든다.

언젠가 강의를 마치고 나오는데 누군가 다가와 조심스럽게 말을 걸었다.

"수녀님. 저는 어떤 문제로 힘들어도 남편이나 아이 모두와 그냥 평화롭고 원만하게 해결하려고 노력해왔어요. 사랑하니까. 그게 나의 진심이라고 믿었고요. 그런데 요즘 왠지 슬프고 혼란스러워요. 사랑해서 참고 버텼는데…… 뭐가 문제죠?"

"그렇게 하니 마음이 평화로웠던가요?"

무심코 던진 나의 물음에 그의 커다란 눈망울에 고여 있던 눈물이 주르륵 흘러내렸다. 그리고 그는 잠시 머뭇거리더니 차갑게 한마디 툭 던졌다.

"아뇨. 화가 났어요."

동화 속 공주도 그랬다. 힘들어도, 아닌 것 같아도 그래도 사랑인 듯했다. 그때 진리의 길을 알려준 사람은 공주에게 이렇게 말했다.

"행복하다는 느낌보다 아프다는 느낌이 더 많다면 그건 사랑이 아닙니다."

'그래, 나 역시 사랑이 아니라서 행복하지 않았나보다. 그래서 아팠구나.'

오늘로
충분한 삶,

잘
죽는 삶

"무슨 일이 있어요?"

안색도 좋지 않고 말수도 적어진 Z씨는 퀭한 눈에 슬픔이 가득 차 보였다.

"일은요. 그냥 컨디션이 안 좋아서……."

Z씨는 힘겹게 미소를 지어 보였다.

나중에 들은 이야기지만 Z씨는 폐에 이상이 있다는 진단을 받고 재검진을 기다리고 있다고 했다. 그래서 몇 날 며칠을 불안과 초조로 잠도 제대로 못 잤다는 것이다. 몇 달이 지났을까? Z씨를 다시 만났다. 궁금했다. 하지만 차마 물어볼 수 없었다. 다행히 한결 가벼워진 표정으로 Z씨가 먼저 나에게 다가왔다.

"그때 폐에 이상이 있다고 재검진을 받으라고 했는데, 하늘이 무너지는 줄 알았어요. 그런데 '정상'이라는 진단을 받았어요."

나는 너무 다행이다 싶어 손뼉을 치며 축하해주었다. 그러자 그가 멋쩍어하며 손사래를 쳤다.

"아이고, 생각할수록 부끄러워 죽겠어요. 확실하지도 않은데 세상 다 끝난 사람처럼 날마다 땅을 보며 한숨만 지었다니까요. 지나고 생각해보니 내 자신이 어찌나 한심하고 실망스러운지 화가 날 정도예요. '내가 헛살았구나. 신앙생활을 어떻게 한 거야' 하는 자책감이 들었어요. 도대체 죽음이 뭐기에……."

말끝을 흐리는 목소리에서 그의 묵직한 성찰이 느껴졌다.

우리는 누구나 죽는다. 그리고 그 죽음은 언제 닥칠지 모른다. 누구도 예외는 없다. 막상 그 대상이 '나'임을 아는 순간 삶에 대한 애착이 더욱 커지면서 주체할 수 없는 고통에 시달리며 저항한다. 그렇다. 나에게 죽음만은 예외일 것 같다. 아니 예외여야 할 것 같다. 죽음은 지금이 아닌 먼 미래의 일이어야 하고 오지 않았으면 좋겠다고 생각한다. 죽음을 모르니 두렵다. 두려우니 더 피하고 싶다. 내 삶의 끝에 있는 죽음은 늘 분리된 그 무언가다. '언젠가 나도 죽지'라고 하지만 막상 내가 '언제' 죽을 것이라는 선고를 받는다면 나는 어떤 반응을 보일까?

나는 엄마의 죽음 앞에서 속수무책으로 고통스러워했던 순간을 아직도 잊지 못한다. 엄마의 병이 말기암으로 진행될 때까지 알아채지 못했다는 죄책감, 그동안 더 사랑하지 못했다는 아쉬움, 생명을 더 연장할 수 없는 무력감이 아직도 내 안에 고스란히 남아 있는 것 같다. 무엇보다 엄마에게 막연한 희망만 주다가 이별 준비를 제대로 하지 못했다는 죄책감이 크다. 아직 아무것도 모르는 엄마에게 영상을 보여주면서 어려운 의학 용어로 시한부를 알린 병원측에 대한 원망도 크다. 우리는 내일 죽을 수도 있고 내년에 죽을 수도 있지만 삶의 한계를 안다는 것은 곧 절망이고 죽음이다.

사실 처음에는 엄마가 충격받을까봐 '잘 치료하면 괜찮아질 것'이라고 했다. 그래서일까. 놀랄 정도로 엄마는 환자 같지 않았다. 하지만 엄마는 '죽는다'라는 사실을 알고 나서 바로 세상을 떠났다. 가을날의 메마른 나뭇잎처럼 어떤 저항도 없이 그냥 가버렸다. 나는 한탄했다. "왜 시한부를 알려야 했을까? 그저 '오늘'만 바라고 '오늘'로 충분한 삶을 살면 될 것을."

죽음은 삶의 끝에 있는 것이 아니라 그냥 오늘 나와 함께 있다. 삶과 죽음의 구별 없이 살다보면 죽음을 삶처럼 받아들이지 않을까 싶다. 그러나 매일의 삶을 뒤돌아볼 여유 없이 살아간다면 어떻게 죽음을 받아들일 수 있을까? 삶에서 깨어 있지 않고 어떻게 죽음과 친구가 될 수 있을까? 기도해야겠다. 기도는 나의 몸과 영혼을 깨어 있는 의식으로 불러들인다. 일감을 깊숙이 밀어넣고 세상에서 가장 한가한 사람처럼 손을 모으고 두 눈을 감자. 기도는 작은 움직임과 미세한 떨림마저 살아 있음을 행복하게 해준다. 고요한 멈춤이 삶과 죽음의 경계를 없애주니까. 가끔은 죽음이 행복한 의식 안으로 슬그머니 들어와 말을 건네기도 한다. "오늘로 충분하지 않을까?"라고.

책임져야 할

얼굴

잠깐 고향에 머물던 차에 오래간만에 친구들을 만났다. 세월은 흘렀어도 하는 행동이나 표정은 여전했다.

"아, 너 그대로네."

"너도 그래."

"정말?"

아주 잠깐 사이 타임머신을 타고 발랄했던 학창 시절로 돌아간 느낌이었다.

"그런데 정말 이 나이가 되고 보니 공부 잘하고 똑똑하고 예뻤던 것이…… 다 소용없더라고."

"돈이 많아도 불행해 보이는 친구도 많아."

"그래, 맞아. 이제는 얼굴만 봐도 어떻게 살았는지 알 거 같아."

"그러니까 가장 빛나는 사람은 뭐니뭐니해도 긍정적으로 인생을 즐기며 사는 친구더라고."

그 순간 작년에 우연히 만났던 친구가 떠올랐다. 학창 시절에 정말 예뻤던 친구였다. 바라보기만 해도 은근 질투가 날 정도로 밝고 빛났다. 그런데 어쩌다 마주친 그 친구는 믿기 어려울 만큼 얼굴이 잔뜩 일그러져 있었고 실제 나이보다 훨씬 더 늙어 보였다. 얼굴 곳곳에 '화'가 돌처럼 뭉쳐 있는 것 같았고 무언가에 쫓기는 듯한 불안한 눈빛이었다. 그런 친구의 모습을 보며 '아, 이 친구가 행복하지 않구나. 정말 많이 힘들구나'라는 생각을 한 적이 있었다.

이런 생각이 떠올라서인지 나는 힘주어 말했다.

"그래, 맞아. 나이가 들면 내 얼굴은 내가 책임져야 한다잖아."

그러자 한 친구가 진지한 표정으로 자기 이야기를 하기 시작했다.

"사실 나는 오랫동안 정말 죽을 만큼 힘들게 살았어. 그때는 아무런 희망도 없었고 죽었으면 딱 좋겠더라고. 그러다가 어느 날 거울을 보았지. 그런데 깜짝 놀랐어. 끔찍한 괴물 하나가 나를 마주보고 있더라고. 괴물이…… 너무 놀랐어. 그런 내 모습을 보며 생각했어. '이렇게 살다가는 큰일나겠구나. 이렇게 살면 안 되겠구나' 하고."

친구의 고백은 나에게 깊은 울림을 주었다. 그렇게 우리는 서로에게 기쁘게 잘 살자며 헤어지려 하는데 동생과 언니가 밖에서 기다리고 있었다. 친구들은 나의 가족과 반갑게 인사를 나누며 또 한참을 서서 이야기를 나누었다. 그리고 돌아서 집으로 오는데 동생이 말했다.

"언니 옆에 있던 그 친구, 고생 안 한 얼굴이야."

그러자 언니도 동생 말에 수긍하듯 한마디 했다.

"그래, 잘 웃고 아주 밝아 보였어."

아! 말할 수 없는 숱한 고생을 하면서 죽었으면 딱 좋겠다는 생각을 수없이 해왔던 친구. 거울 안에 갇힌 우울과 스트레스를 양분으로 삼는 괴물을 물리치기 위해 신앙의 힘으로 버티어왔던 친구. 그 친구에게 전화해서 말해주어야겠다.

"성공했어. 이제 다시 거울을 봐. 진짜 네가 보일 거야."

나도 가끔 거울을 본다. 나이가 들면서 늘어나는 흰머리, 잡티, 기미, 주름을 본다. 그런데 누군가에게 비쳐지는 외모에 갇히면 진짜 내가 바라보아야 할 내 모습은 보지 못한다. 친구는 죽고 싶을 때 거울을 보았다. 고통과 절망 속에서 어디로 가야 할지 모를 때에도 거울 속의 자아를 바라보았다. 그러고는 괴물같이 변한 자기 자신의 모습을 있는 그대로 마주 바라보았고 또 인정했다. 그리고 성찰했다. '이렇게 살면 안 된다'고.

나이를 먹으면 반드시 책임져야 할 내 얼굴, 이 얼굴에 내가 평생 살아온 습관이 배어 있다. 반복되는 생각과 감정, 행동이 시간과 함께 고스란히 얼굴에 나타난다. 인생의 발자국이 얼굴 곳곳에 남는다. 만인에게 공개되는 내 인생의 퍼즐, 얼굴이다.

나이듦의

축복을
찾아서

"내가 조금만 더 젊었어도……."

친구 수녀와 담소를 나누다가 나도 모르게 툭 내뱉은 말이다. 그런데 조용히 듣고 있던 친구가 목소리 톤까지 높여가면서 호들갑스럽게 말했다.

"그렇지? 나도 딱 10년만 젊었다면 뭔가 더 해볼 수 있을 거 같아."

그 말에 우리도 모르게 웃음이 터져나왔다.

친구와 나는 알았다. 우리가 참 의미 없는 말을 하고 있다는 것을. 그러면서 나의 목구멍에서 간질간질 차오르는 말, '어쩌면 우린 10년 후에도 이렇게 말할지도 몰라. 조금만 더 젊었어도……'라고. 하지만 꾹 참았다. 웃고 있던 친구의 얼굴이 갑자기 우울해 보여서.

어느덧 폭염이 사그라지면서 서늘한 바람이 기분 좋게 불어온다. 그런데 여지없이 입에서 나오는 말이 있다. "아, 벌써 가을이 오는 거야!" 해가 바뀌고 달이 바뀌고 주가 바뀔 때도 한결같이 하는 말, "벌써? 시간이 너무 빨라." 이거 뭐 유행가 가사도 아니고 돌고 돌다 헛도는 말이 아닌가. 그러면서 영원히 살 것 같은 이 세상에서 머물 날도 그리 길지는 않으리라는 생각에 마음이 조급해질 때가 있다.

무엇이 나이듦을 불편하고 서글프게 만드는 것일까? 나이가 들면 막연히 많은 것이 좋아지리라 상상했는데, 현실은 그렇지 못해서일까? 나이가 들면 저절로 여유도 생기고 관대해질 줄 알았는데, 희망한 그것과 너무나도 달라서일까? 나이가 들면 웬만한 것은 그냥 다 넘길 줄 알았는데, 뭐가 그리도 불편한 것이 많은지 모르겠다.

그렇다. 나이가 들면 조금은 더 멋진 어른이 될 줄 알았다. 더 지식도 많아지고 더 지혜로워지고 더 많은 것을 품고 더 많이 내려놓을 줄 알았다. 그래서일까? 나이가 들면서 그런 척하는 것도 늘어가는 것 같다. "뭐, 이 나이에 그런 것 가지고……" 하면서 괜찮은 척하지만 사실 괜찮지 않다. 함부로 나대는 후배에게 "이해해"라고 말하면서도 '건방지구나' 하는 소리가 속에서는 시끄럽다. "난 그런 거 신경 안 써"라고 하지만 자꾸 신경이 쓰이는 것도 어쩔 수 없다. "나이가 많고 적음에 무슨 의미가 있으랴" 하고 쿨한 표정을 짓지만 이 또한 거짓말이다. 나이가 든다는 것, 솔직히 두려운 일이다.

언젠가 좀더 나이든 어른과 좀더 젊은 어른이 말다툼을 하고 있었다. 좀더 나이든 어른은 "어른한테 그렇게 함부로 대들면 못 써!" 하며 조용히 말했다. 그러자 좀더 젊은 어른이 큰 소리로 "어른이면 어른답게 행동하셔야지요" 하면서 "고상한 척은 혼자 다 하면서 잔소리도, 불평도 많은 어른이 무슨 어른이냐"며 계속 투덜거렸다. 좀더 나이든 어른은 일그러질 대로 일그러진 얼굴로 혀를 끌끌 차며 도망치듯이 사라졌다. 그때 그런 생각이 들었다. 그들은 서로 '나를 인정해줘!'라는 욕구를 저렇게 표현하고 있구나. 그러면서 나이들어 불편하고 서글픈 이유는 단 하나, 인정 욕구 아닐까 싶었다.

나이들어 누군가 나를 존중해주지 않는다고 인정해달라고 아등바등 살지는 말아야겠다. 그러므로 타인의 시선으로 우왕좌왕하는 데 시간을 보내기보다 나의 시선으로 내 마음을 돌보는 데 시간을 보내는 것이 좋겠다. 나이가 들면서 멋진 어른이 되지는 못해도 멋지지 못한 내 모습을 그대로 봐주는 것도 좋다. "괜찮다" 하면서 '괜찮지 않은 속마음'을 들여다보는 것도, "이 나이에 뭘" 하면서도 이것저것 신경쓰는 지질한 나를 수용해주는 것도, 누군가의 공격에 맞대응하고 부끄러워하는 나를 보듬어주는 것도, 이 모든 내 안의 불협화음과 한계를 감당할 수 있는 것도 나이듦의 축복이 아닐까. 나이들수록 더 설레고 아름다운 나날을 맞이할 수 있다면 얼마나 좋을까.

현재만이

살아 있는
순간인 것을

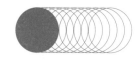

동료 수녀의 언니가 급작스럽게 세상을 떠났다는 소식이 전해졌다. 특별한 지병이 없었는데 잠을 자다 심장마비로 사망했다고 한다. 다음날을 생각하며 들었던 잠자리가 영원한 죽음의 길로 바뀌었으니 가족들의 비통함은 이루 말할 수 없으리라.

장례 미사를 드리러 가는 길의 경치가 유난히 더 아름답게 보였다. 발아래 떨어진 휘황한 색색의 나뭇잎들이 너무 성급히 떨어진 것 같아 애처로웠다. 삶의 무게가 더 무겁게 느껴졌던 탓일 것이다.

성당에 들어서자 예상했던 대로 가족들의 비탄이 온몸으로 전해졌다. 억지로 꾹꾹 참는 듯한 흐느낌이 고요한 공간을 가득 메우자 가슴이 저렸다. 훌쩍이는 소리가 파도를 타듯이 여기저기로 번져갔다. 장례 미사를 마치고 나오는데 고인의 막내딸이 몸도 가누지 못하고 웅크리고 앉아 소리를 죽이며 울고 있었다. 할말이 없었다. 그저 어깨만 다독여주었을 뿐.

누군가 "모두가 원하는 행복한 죽음이 아니겠느냐"라고 말했다. 아프지 않고 어느 날 잠자듯이 그렇게 가기를 많은 사람이 원할 것이라고. 죽음 같은 잠. 다시 육신으로 돌아오지 않았을 뿐이니까. 그런데 남은 자의 비통함은 어떻게 하지? 자녀들의 흐느낌 속에 담긴 "사랑한다고 말도 제대로 못 했어" "함께 여행 가자고 해놓고⋯⋯" "화만 내고 미안하단 말도 못 했다고요"라는 아우성에서 원통함과 슬픔이 고스란히 느껴졌다.

나의 엄마는 5개월 동안 앓다가 세상을 떠났다. 그때 울고 있는 나에게 사촌언니는 이런 말을 했다. "나는 말이야. 우리 엄마가 일주일, 아니 하루라도 앓다가 가셨다면 여한이 없었을 거야." 큰어머니는 식사까지 잘 하고 주무시다가 영원히 떠나셨다. 그래서 딸은 '사랑했다' '고마웠다' '잘 가시라'라는 말조차 하지 못한 것이 원통했다. 그렇다고 시한부 판정을 받고 5개월 동안 마음 저리며 어머니를 떠나보낸 나는 여한이 없었을까? 아니다. 사촌언니보다, 오늘 떠나보낸 고인의 딸보다 괜찮다고 말할 수 없다. 어쩌면 5년, 10년 시한부 인생을 살다가 가더라도 원통함과 후회는 같을 것이다. '이별' 이란 원래 그런 것이니까.

혹시 나는 죽음을 믿지 못했던 것은 아니었을까. 엄마가 진짜 죽을 것이라는 사실을 절실하게 믿지 못했다는 생각이 들었다. '그래도 내일만큼은 살아 있으리라.' 그렇게 희망했다. 현재만이 살아 있는 순간이라는 것을 믿지 못했다.

고대 인도의 어느 왕 형제 이야기가 생각난다. 왕의 동생이 형의 권력을 믿고 할일 없이 방탕한 생활을 하자 왕이 반역을 유도하여 동생에게 사형선고를 내린다. 그리고 죽기 전 7일 동안 왕의 모든 권한을 줄 테니 마음껏 즐기라고 한다. 그후 왕이 동생에게 마음껏 즐겼느냐고 묻자 "죽을 것을 알면서 어떻게 즐길 수 있느냐"고 반문한다. 사실 우리는 7일 후든 70년 후든 반드시 죽는다. 동생도 알고 있던 사실이다. 단지 진짜 죽음을 믿지 못했을 뿐이다. 진실로 죽음을 믿게 되니 더는 먹고 마시는 즐거움에 빠질 수 없었던 것이다.

죽음을 진짜로 믿는다는 것은 현재만이 살아 있는 순간임을 믿는 것일 터다. 또한 매일 죽어가고 있다는 사실에 깨어 사는 것이다. 진실로 죽음을 믿을 수만 있다면 나에게 엄청난 놀라운 변화가 일어날 것이다. 아침에 눈을 뜨는 순간부터 소소한 모든 것이 선물처럼 커다란 의미를 가져다줄 것이다. 죽음을 믿는 순간부터 삶의 의미가 뜨겁게 살아나고 죽음이 영원으로 가는 축복의 문이라는 것을 알게 해주리라. 현재만이 살아 있는 순간이라는 것을 믿는다면.

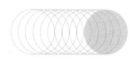

날마다
죽음을
마주하고
있습니다

"놀이터 가서 놀래?"

20개월 된 종손녀 하임이는 놀이터에서 노는 것을 참 좋아한다. '놀이터'라는 엄마의 말을 듣는 순간 신나서 손을 마구 흔들며 나가려 한다. "그런데……" 하며 이어지는 엄마의 말에 무언가 예상하지 못한 일이 일어날 것이라는 느낌을 받았는지 금세 얼굴을 찡그린다.

"엄마는 잠깐 다녀올 곳이 있어. 그러니 할머니와 함께 놀면 어때?"

순간 아이는 입술을 삐죽삐죽거리며 금방이라도 울 것 같은 표정을 지었고 눈망울에는 눈물이 가득 차올랐다. 아이는 "아냐, 아냐…… 하암께…… 하암께"라고 울먹이더니 급기야는 울음을 터뜨렸다. 이제 막 말을 배우기 시작한 아이는 가지 말라는 '아냐'와 같이 놀자는 '함께'라는 두 단어만으로 이 사태를 막아보려고 온갖 애를 쓰면서 '아냐'와 '함께'를 주문 외우듯이 반복하면서 울어댔다.

그런데 나는 그 순간 아이의 우는 모습이 참으로 아름답고 경이롭게 느껴졌다. 아이에게는 엄마와 떨어지는 분리 불안을 느끼는 엄청난 공포의 순간일 텐데 말이다. 아이의 눈에 가득 차오르는 수정 같은 맑은 눈물을 보노라니 가슴이 벅차고 설렜다. 신비로운 아기의 생명력이 내 존재를 흔들어 깨우면서 행복감이 밀려왔다.

아기는 자신의 아늑한 세상이었던 엄마의 자궁에서 밀려나오면서 한몸이었던 엄마와 죽음과 같은 이별을 경험했다. 치열하고 고통스러운 순간이었으리라. 자신의 안식처를 잃고 탯줄마저 끊기는 공포 체험이었다. 어쩌면 아기는 태어나면서부터 죽음에 대한 기억이 몸에 각인되어 있을지도 모른다. 그래서 엄마가 보이지 않으면 몸이 먼저 반응을 하는지도.

아기가 세상에 나온 날 우리에게는 더할 나위 없이 행복한 생명의 탄생일이지만 태아에게는 슬픈 이별과 상실의 순간이다. 태아에게 이 세상은 상상할 수 없는 어둡고 두려운 미지의 세상이다. 저 세상에서의 죽음이며 이 세상에서의 탄생이다. 아기는 이 세상에서 생명력을 키우기 위해 넘어지고 일어서고 헤어지고 만나면서 숱한 상실감을 맛보며 수많은 이별을 한다.

나 역시 자궁처럼 익숙하고 엄마처럼 사랑하는 이 세상을 반드시 떠나야 한다. 한 번도 경험해보지 못한 상상 너머에 있는 저세상으로 가야 한다. 아기가 원해서 자궁의 세상을 떠나오지 않았듯이 나 역시 나의 원의와 상관없이 이 세상을 떠나야 한다. 알 수 없는 죽음의 터널에서 공포와 불안감에 떨 것이다. 아기처럼 눈에 눈물을 가득 머금고 '아냐'와 '함께'를 외치며 저항할지도 모른다. 하지만 내가 아이의 고통을 경이롭게 바라보았듯이 죽음 너머에서 기다리는 그분께서도 나를 또 그렇게 사랑스럽고 가슴 벅차게 바라보며 맞이할지도 모른다. 나는 두려움에 떨며 울지만 그분은 태양처럼 밝은 미소로 행복하게 나를 맞이할 것이다.

울음은 웃는 것만큼 자연스럽듯이 죽음 역시 삶만큼이나 행복할 것이다. 아기는 엄마와의 이별 앞에 울었지만 나는 사랑하는 사람들과의 이별 앞에 웃고 싶다. 주님의 얼굴과 마주한 행복한 연인처럼 말이다. 그러려면 매일 죽음을 준비해야겠다. 죽음을 자주 생각하고 기억하는 일은 삶을 더 생동감 있게 만들어준다. '죽음' 앞에 미움도, 질투도, 인정도, 욕심도, 소유도 그 무슨 소용이 있으랴.

잘 죽기 위해 할 수 있는 것은 단 하나, 메멘토 모리Memento mori. 반드시 죽는다는 사실을 기억하는 것이다. 죽음 때문에 생명은 빛나고 생명 때문에 죽음은 신비롭다. 생명이 있어 죽음이 있고 죽음이 있어 삶이 있다. 그러니 산다는 것이 곧 죽는 것이고, 죽는다는 것이 또 산다는 것이 아닐까?

"나는 날마다 죽음을 마주하고 있습니다."(1코린 15, 31)

그래도 사랑인 것을

어느 날 죽음의 문턱에 서 있다면 가장 후회되는 것은 무엇일까?

언젠가 일간지에서 오스트레일리아의 한 호스피스 간호사가 쓴 글을 읽은 적이 있다. '시한부 환자들이 죽음 직전에 가장 후회하는 것'에 대한 내용이었는데, 그중 많은 사람이 꼽은 후회는 '자신에게 진실한 삶을 살 수 있는 용기가 없었던 것'이었다. 다른 사람의 기대에 부응하며 사느라 남을 지나치게 의식한 나머지 정작 자신이 원하는 삶을 살지 못했다는 것이다. 그 밖에도 '너무 열심히 일하지 말았어야 했다' '자신의 감정을 표현할 용기가 없었다'는 것이 주된 후회였다.

이 모든 후회의 공통점은 '진짜 나로 살지 못했다'이다. 그들은 비로소 죽음 앞에서 두려움에 떨며 살았던 나약한 진짜 자신과 마주한 것이다.

"왜, 나를 외롭게 내버려둔 거야. 나 너무 무서웠어."

있는 그대로의 '나'의 존재를 숨기고 억압했다는 사실을 알고 후회한다. 사실 마지막 날, 나약한 있는 그대로의 진짜 '나'만이 나와 동반한다. 타인의 시선 속의 나와 이기적인 나는 그 순간 사라지기 때문이다.

매일 밤 나는 죽음의 예행연습을 한다. 침대를 무덤삼아 두 눈을 감고 질그릇같이 깨지기 쉬운 '나'에게 집중한다. 부족하지만 충분히 사랑스럽다.

삶의 끝자락에 선 나는 후회가 아닌 '나에게 진실한 삶을 살 수 있는 용기'를 주신 주님께 감사의 노래를 부르고 싶다.

제가 비록 어둠의 골짜기를 간다 하여도 재앙을 두려워하지 않으리니 당신께서 저와 함께 계시기 때문입니다.

—시편 23. 4

나는
정말 괜찮은
사람이어야
할까

초판 1쇄 발행 2020년 9월 24일
초판 2쇄 발행 2020년 12월 3일

지은이 김용은 ㅣ 펴낸이 신정민

편집 박민영 이희연 ㅣ 디자인 이현정 ㅣ 저작권 한문숙 김지영 이영은
마케팅 정민호 김경환 ㅣ 홍보 김희숙 김상만 지문희 김현지 이소정 이미희
제작 강신은 김동욱 임현식 ㅣ 제작처 영신사

펴낸곳 (주)교유당
출판등록 2019년 5월 24일 제406-2019-000052호

주소 10881 경기도 파주시 회동길 210
문의전화 031) 955-8891(마케팅) 031) 955-3583(편집)
팩스 031) 955-8855
전자우편 gyoyudang@munhak.com

ISBN 979-11-90277-78-5 03810